札差の死

情け深川 恋女房

小杉健治

文庫
時代小説

角川春樹事務所

目次

第一章　札差の死

一

浅草東本願寺《あさくさひがしほんがんじ》で弔いがあった。

真夏の燃えるような陽射《ひざ》しが照りつける昼間だった。

弔いは蔵前《くらまえ》の札差《ふださし》、間口屋五郎次《まぐちやごろうじ》のもので、昨夜亡くなった。

享年、六十歳。

夕餉《ゆうげ》にふぐを食べ、それからすぐに倒れたという。ふぐの毒を除ききれずに、当たってしまったのかもしれないと駆け付けた医者は言った。

だが、五郎次を知る者たちは、

「あの五郎次さんが……」

と、信じられない様子であった。

食通だった五郎次は、かつて深川土橋《ふかがわどばし》にある『平清《ひらせい》』で腕を奮っていた料理人、三《さん》吉《きち》を雇っており、味は当然のこと、毒の始末も万全であった。

それゆえに、ふぐであろうと、茸《きのこ》であろうとも、一度も当たったことがない。

だが、医者が言うには、この暑さでふぐも少し腐っていたのかもしれないし、元々大酒呑《の》みだから、体が弱っていたのかもしれないともいう。

「これも寿命として諦《あきら》めましょう。こんなことでぽっくりいくのも、親父《おやじ》らしいじゃありませんか」

倅《せがれ》の心平太《しんぺいた》が、参列者にそう挨拶《あいさつ》をする。

五郎次は日頃《ひごろ》から未練がなく、さっぱりとしている男だった。黒小袖《こそで》小口の紋付を着流し、鮫鞘《さめざや》の一本刀を差し、伽羅《きゃら》の下駄を履いている派手な男でもあった。

五尺九寸（約一七九センチメートル）の長身に、瘦《や》せた体つきで、歳《とし》には抗《あらが》えないものの、血色の良い艶《つや》やかな肌は人目を引いた。

冷たさを感じる細い吊《つ》り目であったが、物腰は柔らかい。他人と揉《も》めることは滅多になかったが、喧嘩《けんか》になると滅法強く、若い頃にはひとりで二十人を相手に傷ひとつ負わなかったという話もある。

そのうえ、小唄《こうた》、三味線《しゃみせん》、踊り、笛に太鼓、なんでもできて、遊び上手でも知られていた。

札差といえば、幕府から旗本・御家人に支給される米の仲介を行い、札差料を取るほか、蔵米を担保に高利貸しを行い大きな利益を得ている者が多い中、『間口屋』の金利は他よりも安かった。

それだけでなく、大川端《おおかわばた》の桜並木の景観を維持するために多額の金を寄付したり、食うや食わずの暮らしをしている貧しい者たちには米や野菜を与えていた。

深川佐賀町《さがちょう》の小間物屋『足柄屋《あしがらや》』の主人、与四郎《よしろう》は、そんな五郎次に感銘を受けて、「私も何かお手伝いできることがあれば仰《おっしゃ》ってください」と自ら願い出たが、「これは趣味でやっているものですから。しかし、与四郎さんのお気遣いは、しかと受け止めました」と丁寧に断られた。

その時に、

「時に与四郎さんは、俳句は嗜《たしな》みますかな」

と、唐突にきいてきた。

商家の旦那《だんな》連中たちで句会を行っているが、近頃はあまり人が集まらないという。それで、もし興味があれば今度来て欲しいとのことであった。

「あまり、うまくはございませんが」

与四郎は断ろうと思ったが、商売の上で何かのために繋《つな》がっていた方がいいと、女房の小里《こざと》に常々言われているのを思い出した。

「一度、お邪魔させて頂きます」

与四郎はそう答えた。

ふた月に一度くらいは顔を出すようになった。

それから、二年余りが経《た》っている。

与四郎の周囲にいる参列者には、『足柄屋』の近所に剣術道場を構える日比谷要蔵《ひびやようぞう》や、そこで師範代として教えている横瀬左馬之助《よこせさまのすけ》がいた。さらに、元岡《おか》っ引《ぴ》きで今は今戸《いまど》で寺子屋を営む千恵蔵《ちえぞう》や、鳥越《とりごえ》の岡っ引き新太郎《しんたろう》の姿もあった。

弔いが終わると、東本願寺の境内《けいだい》で、与四郎は新太郎に呼び止められた。

「五郎次さんの件で調べていることがある」

唐突に、新太郎が言い放った。

「調べている？」

言い方からしても、何やら疑いをもっているようであった。

「五郎次さんが誰《だれ》かに毒でも盛られていやしねえかと心配になってな」

新太郎は声をひそめる。

与四郎は辺りを見渡す。誰かが五郎次を悔みながらも、彼の武勇伝を語っていた。

それに同調するように、「私はこんな話を知っている」と、口々に話している。

「五郎次さんは、店で倒れたんですよね」

与四郎は確かめた。

「そうだ。その時に店にいた者たちは急に倒れて泡を吐き出したから驚いたと言っていたが、他にふぐを食べた者は当たっていねえんだ」

新太郎はその場にいた者を心底疑っているわけではなく、ただ少しでも不自然なことがあれば調べておくに越したことはないと考えていると、口では言っている。

それをどうして与四郎に話すのかというと、

「岡っ引きが『間口屋』の家人や奉公人たちを疑っていると変に噂《うわさ》が立つと先方にも迷惑だろう」

と、言った。

与四郎は、新太郎の言いたいことはわかる。

「お前さんは、心平太とも親しかったな」

「親しいという程でもありませんが」

俳句の会で何度も顔を合わせている。心平太は商売熱心で、与四郎の『足柄屋』ではどんな商品が売れているのか、客層はどうなのか、仕入れはどうしているのかなど、商売のことばかりきいてきた。与四郎が答えると、心平太も顧客のことを、この家では今度、祝言があるから小間物が必要になるだろうとか、誰々がこういうものを探していたと、教えてくれた。

互いに、商売に役立つことばかり話していた。

心平太は商売に関しては父親以上の才覚であった。

『間口屋』で働く一方、『花々屋《はなばなや》』という自らの店を下谷広徳寺《したやこうとくじ》前に構えていた。その名の通りで、美しい花や植物を栽培し、また自ら品種改良して売っていた。『花々屋』には名代を置いているが、経営に関しては心平太が事細かに指示をしていると、本人が語っていた。

五郎次が風流人の知り合いが多いことから人脈が多く、将軍や諸大名も『花々屋』を利用するそうだ。

「妙なことをきくが」

新太郎はそう断った上で、

「心平太が五郎次さんを恨んでいるようなことはなかったか」

と、唐突にきいてきた。

「え？　恨んでいる？」

まさか、疑っているのかと思った。

あの親子は、まったく似ても似つかないが、恨むようなことはない。心平太は真面目《まじめ》であるが、奔放な父にどこか憧《あこが》れている節が見られた。

何かの折に、「五郎次さんは、本当に粋《いき》な方で」と口にしたことがあった。その時には、真面目な心平太は否定するわけでもなく、「私もそういうところは見習わなければなりません。なにしろ、遊びやら付き合いというのが苦手で」と、言っていた。

「恨みはあるはずございませんよ」

与四郎はきっぱりと言った。

「そうか」

新太郎は喉《のど》に何かがつっかえているような口ぶりであった。

「不審な死に方だったんですか」

与四郎は念のために、きいた。というのも、先ほど、元岡っ引きの千恵蔵も、心平太を疑ってはいなかったが、毒殺ではないかと呟《つぶや》いていた。

かつて、千恵蔵が岡っ引きだった時、その手下が新太郎だった。千恵蔵が引退することになり、新太郎が跡を継いだ。

「どうだろうな。ただ、娘のお稲《いね》のことで五郎次さんと言い合ったことはあるそうだ。

五郎次さんはお稲にそんなに厳しくしないでもっと自由にさせてやれと。心平太の女房お雉《きじ》も、五郎次についたそうだ」

新太郎が伝えてきた。

噂では、お稲に厳しくし過ぎていると聞いたことがあった。年頃だというのに、艶やかな着物や飾りは認めず、いつも上等であるが地味なものばかり着させている。男の影が少しでもあると、相手の男を叱《しか》りつけ、二度と娘に会わないようにさせるという徹底ぶりだ。

「たしかに、心平太さんは厳しすぎると聞いたこともありますが、それでも、それが原因で殺すなどとは」

与四郎には考えられなかった。

「ほんの少し気になっただけだ」

新太郎は念を押すように言い、その場を離れていった。

ふと目を本堂に向けると、石段の下に心平太の姿を見かけた。難しい顔をして、女房のお雉と娘のお稲と話し込んでいる。

心平太は父親に似ずそれほど背が高くはない。ふくよかな丸顔で、目が小さく、鼻が低かった。お雉は五郎次と血は繋がっていないものの、顔つきがよく似ていた。頬《ほお》は痩せていて、顎《あご》が角ばって、きつい顔つきに見えるが、丸い瞳《ひとみ》は愛らしい。娘のお稲は女らしい丸みを帯びた体つきで、ぽってりとした唇に、色気のある綺麗《きれい》な目をしている。

与四郎は心平太の元へ歩き出した。

心平太は与四郎に気が付くと、ぱっと商売の時の明るい表情になった。

お雛は軽く頭を下げて、お稲と共に石段をあがっていく。

「この度はご愁傷様です」

「与四郎さん。お忙しい中、ありがとうございます。父はよく与四郎さんのお話をしておりました」

挨拶《あいさつ》を交わすと、急に初めて心平太に出会ったときのことを思い出した。三年前であった。与四郎が深川の料理茶屋『壇《だん》ノ浦《うら》』に届け物をしたとき、手が血まみれで勝手口から出て行った男が心平太だった。なにかで切ってしまったのだろうと思っていたが、その時にはまだ面識がなかった。

後日、俳句の会の帰りに『間口屋』に寄ったときに、たまたま店先で、その時の男を見かけ、五郎次の倅であると知って驚いた。

「五郎次さんにはまだまだお教えいただきたいことが沢山ございました」

与四郎は言う。

「何をおっしゃるのですか。父の方が、与四郎さんから学んでおりましたのに」

心平太は柔らかい口調で言った。

「大変失礼ですが、ふぐに当たったということで」

与四郎は恐る恐る切り出した。

心平太の顔が一瞬曇ったが、

「そうなんでございますよ。父は変わったものが好きで、怪しい茸なんかも食べては痺《しび》れるのがおつでいいと言っていました」

と、微笑《ほほえ》んだ。

「本当に、色々なことにご興味のある御方《おかた》でしたからね」

「困ったものですが、いつ命を落としても悔いがないように生きると言っていましたから、私が嘆き悲しんでいるわけにもいきません」

心平太はこれから自分が『間口屋』を背負っていくと意気込んでいた。

与四郎が昨日のことを聞き出そうとするなり、

「まあ、今更気にしても仕方ありません」

と、話を逸《そ》らしてくる。

なんとか聞き出せたことは、その夜、『間口屋』では家人全員にふぐが出されていたが、五郎次だけが当たったという。あまり聞くと変に思われかねないので、与四郎はその時は軽く話した程度で、東本願寺を後にした。

夕方になった。暑さは引かない。

鳥越神社のすぐ近く、新太郎の家の二階で、与四郎は待っていた。まだ出かけていると言っていたので、一度帰ろうと思っていたが、留守番を任されている手下に止められた。

手下は、栄太郎《えいたろう》という。

与四郎の店で働いている小僧の太助《たすけ》の二歳上で、太助とは親しい。ふたりとも日比谷要蔵の剣術道場に通っていたが、太助が車坂《くるまざか》の井上伝兵衛《いのうえでんべえ》の道場に移った為《ため》、いまは前ほど交流がないという。

「太助は元気ですか」

「毎日商売と剣術で忙しいようだが」

「あいつも、張り切り過ぎていますからね」

「なんでもやりたい年頃なんだろう」

自分にもそんな時があったと、与四郎は話した。

「太助はいまに、すごい剣豪になりますよ」

栄太郎が称《たた》える。

日比谷要蔵の道場から、井上伝兵衛の道場へ移ったのも、太助に剣術の才能があったからである。

井上伝兵衛は直心陰流《じきしんかげりゅう》の剣術師範で、門弟も多くいる。

著名な剣術家が、直々に「太助を通わせたらどうだ」と話を持ち込んできたときには驚いた。

与四郎は、太助の好きなようにやらせたいと思い、太助自身に決めさせた。太助は喜んで商売と剣術を両立させていた。

しかし、ここのところ、剣術ばかりに身を入れているようだった。

『足柄屋』は店で商売を行う以外に、荷箱を持って、街中で声をかけながら歩いて回る。その役は、与四郎と太助で交代でいく。

ただし、ふたりが回る場所は異なっており、互いに違う客を持っている。与四郎が何かの折に太助の客に、「最近、来ないんだけど、何かあったのかしら」と聞かれたことがあった。

与四郎は、「お得意さまには好くしておくように。嵐の日も、雪の日も、お得意さまの御用があるかもしれないから、その日は買ってくれないかもしれないけど、日頃から付き合いをしないといけませんよ」と、口を酸っぱくして伝えていた。

それを太助が怠っていることに、与四郎はついに腹を立てた。

昨日、与四郎は道場帰りの太助を自室に呼んだ。

太助は何の用なのか見当がついていなかったらしく、飼い犬のシロを連れてきて、

「また今度大会があるので出場します」

と、嬉《うれ》しそうに話していた。

「太助」

与四郎が重たい口調で呼んでも、太助は何か与四郎の気に障ったことをしたと気が付かない。

「お前さん、少し浮かれすぎてはいないかい」

与四郎は言葉を選びながら、言った。

「浮かれすぎている？」

太助は何のことかわからなそうに、首を捻《ひね》る。

「商売をしっかりと勤めるという約束で、井上さまの道場に移ることを認めたじゃないか。それが、いまはどうだ。剣術ばかりで商売がおざなりになっている」

与四郎はできるだけ語気が強くならないように、気を付けた。

急に、太助が不満そうに睨《にら》んだ。

「でも、旦那」

「なんだね」

「私の好きにさせてやりたいと言ったのは、旦那じゃありませんか。私は商売も続けています。そんな気はありませんが、少し商売の方に力が入らないときが出ることは仕方ないことじゃございませんか」

太助が言い返した。

今までにないような口答えであった。

いらっとした。しかし、与四郎は抑えた。自分にも、こんな時があった。目上の者から言われると、訳もなく反抗してしまう。自分の事で精一杯で、周りに気を遣《つか》えるほどのゆとりがなかった。

ちょうど、太助と同じ時期だ。

その時に、見放さずに真摯《しんし》に向き合ってくれた大人たちは、今となってはありがたい。与四郎も、太助に悪気がないことをわかっているからこそ、しっかりと向き合おうとした。

与四郎はどう答えたらいいのか、考えながら黙っていると、

「これから、どうすればいいっていうんです」

と、太助が追い打ちをかけるように聞いてきた。

「新たな客を摑《つか》もうと思わなくてもいい。まずは、お得意さまのところは必ず回りなさい。それが済んでから、井上さまの道場に行きなさい」

与四郎は指示した。

「そりゃあ、言われなくてもわかっていますよ。ですがね、それができない時があるんです。その時には、どうすりゃいいんですか」

太助はさらに怒った口調で問い詰める。

「その時は……」

与四郎は少し悩んでから、

「商売を先に考えなさい」

と、言った。

「旦那はわかってない」

太助は急に立ち上がり、部屋を出て行った。荒い足音が、廊下に響いた。

その音を聞きつけた小里が慌ててやって来た。

「なにかあったんですか」

「ちょっと、言い合いになっただけだ」

「商売をおろそかにしているって注意したんですか」

「ああ。でも、あいつは俺《おれ》が好きにさせてやるといったのに、あんまりだと言い返してきたんだ」

与四郎は首を横に小さく振りながら、ぼそっと言った。

「まったく生意気な……」

小里は苦笑いする。

「だが、あいつの言うこともわかる」

「え？」

「私がそう言ったのは違いない。もっと、ちゃんと伝えていれば、そんなことにもならなかった。詰めが甘かったんだ」

与四郎は肩を落としながら言う。

「そんなのは、ただの屁理屈《へりくつ》ですよ」

「あの子は、奉公人ですよ。こんなに好き勝手させているのも、他の店では考えられませんよ。それなのに、自分は何をしても許されると図に乗っているんですよ」

信じられないといった具合に、棘《とげ》のある声だった。

「いまはこれ以上話しても埒《らち》が明かない」

「いいえ、私ががつんと言います」

小里が二階に上がって行った。

与四郎は小里の肩に軽く手を置き、

「止《や》めておきなさい」

と、告げた。

「いま言わないと」

小里は手を振りほどき、二階へ上がって行った。

与四郎は階段を数段上ってから、小里の声が聞こえると一階へ引き返した。

自分が顔を見せると、また奴《やつ》は反発しそうだ。

そう考えていた。

やがて、二階から言い合う声が聞こえてきた。小里がひとりで降りてきた。

「だが……」

階段の下で待っていた与四郎に、

「ちゃんと言っておきました。でも、どうだか」

と、小里は曖昧《あいまい》に肩をすくめた。

それが昨日のことであった。

与四郎はそのことが頭にあったから、栄太郎が太助のことを話題に上げて、呼び止めたのも、太助から何か言われたのではないかと思った。

「あいつなりに、色々考えているようです」

栄太郎は低い声で言った。

「色々って？」

「よくわかりませんが、悪いことをしたと思っているようです。謝りたいけど、どうすればいいかわからないとも言っていました」

「それで、お前さんに相談してきたのか」

「まさか、あいつが相談なんてしません。ただ、あっしがそんな気がして、勝手に気を回しただけです」

お節介だったら申し訳ございませんと、栄太郎は深々と頭を下げた。

「いや、ありがとう。俺にも至らないところがあっただろうから」

与四郎はそう答えながら、

「謝ることはなくて、ただ今度からお得意さまのところを回ってくれれば十分なんだ。もうこの話を引きずることもない」

とも言った。

栄太郎は相槌《あいづち》を打ちながら聞いていた。

やがて、新太郎が帰ってきたのか、階段を上がる足音が聞こえてきた。

二

襖《ふすま》が開くなり、少し疲れた顔の新太郎が入って来た。額には、汗が滲《にじ》んでいる。

「お前もいたのか」

新太郎が、栄太郎に言った。

「ええ。少しお話がありまして」

「話？」

新太郎はきき返しながら、

「それなら、茶でも菓子でも出さねえか」

と、きつい口調で叱った。

「すみません」

栄太郎は慌てて部屋を出て行った。廊下を駆け抜ける音がした。

「そそっかしい奴だ」

新太郎は苦笑いして、与四郎の前に腰を下ろした。その際、ゴキッと新太郎の体が音を立てた。

「近頃、この暑さで体が鈍《なま》っていけねえ」

新太郎は窓際に立てかけてあった竹の柄《え》の団扇《うちわ》を手に取った。窓に腰をかけ、団扇を大きく扇《あお》いだ。

「きき込みに行っていたのですか」

与四郎はきく。

「別件でドン尻屋《じりや》一家の賭場《とば》を調べていた。そのついでに、五郎次さんが貸し付けていた者たちを回っていた」

「まだ疑っているので」

「念のためにだ」

新太郎の声に、いつもの張りがなかった。

「それで、全部回り切れましたか」

「とてもじゃないが」

新太郎は団扇を横に振って返事をする。

全部で、百人以上の武士に金を貸しているらしい。大名はいないが、旗本や御家人が大半を占めている。

「五郎次さんが恨まれていることはなさそうだった」

新太郎が言った。

その時、手下の栄太郎が戻って来た。手には茶と菓子を載せた盆を持っている。それを与四郎、そして新太郎に差し出す。

「表向きはな」

新太郎は付け加えた。

栄太郎は部屋を出て行こうとしたが、「お前はそこにいろ」と新太郎が言いつけた。

「へい」

栄太郎は部屋の隅で、正座した。

与四郎は茶で喉を潤してから、

「一番借りている人で、どのくらい……」

と、新太郎を見る。

「三百両だ」

「三百両も？」

「まあ、それはお雉さんの兄の蜜蔵《みつぞう》らしいが……」

「お雉さんというと、倅の心平太さんのお内儀《かみ》さんの？」

「そうだ」

「あの方は、武家の娘なのですか」

与四郎はきいた。

ふと、東本願寺で会ったお雉の顔を思い出した。

とても、武士の家系とは思えなかった。

案の定、

「いや、武士ではない。父親は医者だそうだ。蜜蔵は小田原《おだわら》で魚屋を営んでいるらしい。といっても、元々『間口屋』にいて、問題を起こして、小田原に越したんだ。そういや、お前さんも、そっちの方だったな」

と、言った。

「足柄《あしがら》ですから遠くはないですが、小田原はよくわかりません」

「そうか。ともかく」

新太郎は銀の煙管《キセル》を取り出し、莨《たばこ》を詰めた。その間、栄太郎が煙草盆《たばこぼん》を用意した。

一服大きく吸ってから、

「金の貸し借りで、問題は何もなかった。五郎次さんは期限までに間に合わない人たちにも寛容であったようだ。その上取りっぱぐれがねえ。よくできた御方だ」

と、称えるように言った。

「なら、金を貸した相手に怪しいものはいないと」

「今のところはだ。あと、半分くらい回らねえとわからん。それに、恨みはなくても、五郎次さんを殺そうって考える者はあるかもしれねえ」

新太郎は意味ありげに言ったが、

「そもそも、疑っているわけではないが、どうも気になるんだ」

と、付け加える。

「わかっております」

同じことを繰り返し言うのは、新太郎にしては珍しい。

それゆえに、何かこの件で、調べる理由があるのかもしれない。

「何もないにこしたことはねえが」

「きっと平気でしょう」

「だがな」

新太郎は険しい顔をした。

「何が引っかかっているのです？」

与四郎は、きいた。

「いや」

「親分らしくないですよ」

「まあ、俺の勝手な思い込みだ」

「思い込み？」

「……」

新太郎はため息をついてから、

「もうだいぶ昔の話だ。さっき、千恵蔵親分と少し喋《しゃべ》ったときにも、親分が忘れていたくらいのことだ」

と、話し出した。

まだ五郎次が『間口屋』の若旦那だった時の話だ。

そもそも、『間口屋』は五郎次の父、五助《ごすけ》が開いた店であった。

その頃の『間口屋』はどこよりも金利の高い高利貸しで悪名が高かった。誰からも借りられない武士に金を貸し、返済の期限が少しでも過ぎると風体の悪い輩《やから》を何人も引きつれて、屋敷へ押しかけた。

五助はそんな父親で子育てをすることは滅多になく、五郎次は当時新しく店に奉公人として入って来た元佐賀《さが》藩の武士の喜助《きすけ》に読み書き算盤《そろばん》、さらには人の生きる道などを教えられたそうだ。

そんな五助は何者かに恨みを買い、深川に遊びに出た折に、殺されてしまった。下手人は見つからなかった。

「父はあのような滅茶苦茶な人でしたから。いつ誰に殺されてもおかしくありませんでした。父の件を調べるよりも、もっと他に取り組むべき事件があるでしょうから、この探索は不要でございます」

五郎次は探索に当たった岡っ引きに、そう答えたそうだ。

岡っ引きは特に調べることもしなかった。

五助から五郎次に代が替わったのは、五郎次が二十一歳の時であった。

ちょうど、その年、五郎次は吉原《よしわら》の大見世《おおみせ》『三浦屋《みうらや》』の花魁《おいらん》、北園太夫《きたぞのたゆう》、本名お菊《きく》を三千両で身請けした。そして、翌年には男子が生まれた。

それが、心平太である。

お菊は水島東西《みずしまとうざい》というまだ若い人相見を贔屓《ひいき》にしていた。

人相見とは、その人の顔や体のつくりから、性格や運勢や天命までも占うというものである。

五郎次はお菊に連れられ、生まれたばかりの心平太を東西に見せに行った。

すると、東西の目が曇った。

「この子は……」

と言ったきり、言葉を止めたという。

「なんですか」

五郎次がきくが、東西は心平太の顔をまじまじと見たまま動かない。

しばらくしてから、ようやく顔をあげて、「言いにくいお話ですが、よろしいですかな」ときいてきた。

五郎次とお菊は顔を見合わせた。

「悪い報《しら》せでしょうか」

お菊が言った。

「はい」

東西は小さく頷く。

「先生の仰《おつしや》ることは必ず当たるといいます。悪いことであれば、私は知りたくありません」

お菊は拒んだ。知りたくなければ、それはそれで東西は構わないようだった。だが、ここまで来て、五郎次が気になりだした。

お菊には一度部屋の外に出てもらい、

「先生、教えてください」

と、きいてみた。

五郎次にしてみれば、本気で信じているわけではない。当たるときもあれば、当たらぬこともある。参考程度にしようとした。

ふたりきりになると、

「この子は、父親を殺す定めにあります」

と、東西が言った。

「父親を殺す？　なんですか、それは」

五郎次は思わず苦笑いした。

真面目な顔をして、そんな突飛なことをいう男に、人の弱みに付け入り、銭をむしり取ろうとする輩だと思った。

五郎次はお菊とその場を去り、以降、お菊に東西に占ってもらうことを禁止した。

五郎次がそのことを酒の席で話したことがあるのを、新太郎は思い出したという。

与四郎はそこまで聞いてから、

「それで、親分は心平太さんが、五郎次さんを殺したのではないかと疑ったわけなのですね」

と、確かめた。

「疑っているわけじゃねえ。だが、どうも話が……」

まさかとは思うが、調べなければ気持ちが済まないという。

「しかし、心平太さんに怪しい様子はありませんでしたよ」

「ならいいんだ」

「まだ、納得いかない顔ですね」

「いや、そんなことは……」

新太郎はもう一服吸った。

畳の一点を見つめていた。

与四郎が『足柄屋』に帰ると、居間で小里と数か月前に『足柄屋』で働き始めたお筋《すじ》が談笑していた。

お筋は算盤が得意で、帳面をつけてもらっている。それまで、小里がやっていたが、お筋のおかげで小里が商品の仕入れや、取引先との連絡などできることが増えた。

また小里はお腹《なか》にしこりがあり、時折血の気が引いたように真っ青な顔になり、立っていられなくなる。そんな時でも、お筋がいることで看病もしてもらえるし、店のことも頼めるので安心であった。

お筋には九歳の息子がいて、名前を長太《ちょうた》という。

長太は太助に懐いていて、剣術を教えてもらうこともしばしばある。

「おかえりなさい」

小里がすぐに夕餉の支度をすると、立ち上がろうとした。

「調子はどうだ」

この数日、小里の体調が優れない時が続いていた。今朝出かけるときには、体調が戻っているようであったが、それでも心配であった。

「今日は何ともありませんでしたよ」

「ならいいのだが」

与四郎はできるだけ小里には安静にしてもらうようにした。「すぐに用意してきます」と、お筋が台所へ行った。

「お弔いはどうでしたか」

小里がきいてくる。

「ものすごい人だった」

「五郎次さんですからね」

小里も、五郎次が世間でいかに慕われているか知っている。

「でも、一度店に戻ってきてから荷売《にない》りに出られるかと思っていました」

「実は、今日はそれほど回れなかったんだ」

「お弔いが長引きましたか」

「そうだな、ちょっと心平太さんとも喋って、新太郎親分とも」

与四郎は詳しい内容までは言わなかった。

まさか、新太郎が心平太のことを疑っているともいえない。

「そんな時もありますよ」

「今日はお得意さまを全員回れなかった。ついこの前、太助に注意したばかりなのに、私が実行できないでいては顔向けできないな」

与四郎は自虐的に笑った。

「時と場合があります。できないときもありますから」

小里は当然のように答え、

「それより、太助が何やらお話がありそうな様子でしたよ」

と、伝えた。

「なんだろうな」

「お前さんに謝ろうと思っているのではありませんか？　私には遠まわしに謝ってきましたよ」

小里はどことなく嬉しそうに答えた。

そんな話をしていると、お筋が焼き魚と小鉢と白米を一膳《ぜん》よそった茶碗《ちゃわん》を盆に載せて持ってきた。

魚は太刀魚《たちうお》の塩焼きで、近所の魚屋が与四郎好みのものが入ったからと持ってきてくれたそうだ。

食事を済ませると、近くの湯屋《ゆや》へ行った。

ちょうど、横瀬左馬之助がいた。五十くらいで、足を怪我《けが》している。さらには持病もあるそうで、いつ発症するかわからない。その為に仕官することができないが、剣術の腕は井上伝兵衛も認める実力だという。

太助に最初に剣を教えたのが、この横瀬左馬之助である。

「横瀬さま」

与四郎は湯煙をかきわけるように声をかけた。

「弔いが終わったら声をかけようと思っていたが、どこかへ行ってしまったから」

「少し用がございまして」

与四郎は軽く頭を下げた。

「いや、近頃ゆっくりと話せていなかったからな」

「何かお話が？」

「こんなところで話すのも何だな」

ふたりは湯を上がり、脱衣所脇《わき》の板の間に移った。

横瀬は言いにくそうな顔をしながら、

「あまりわしが余計な口を出すことではないと思うが」

と、前置きをした。

「いえ、横瀬さまにお気を遣わせてしまい……。なんなりと」

与四郎は促した。

横瀬は咳払《せきばら》いをして、

「日比谷先生から聞いた話だ。太助が近頃、井上さまの道場にあまり来ていないとのことだ」

「え？　道場に行っていない？」

「全くというわけではないが、来るべき日に来なかったり、稽古《けいこ》をしていても疲れた様子で、どこか上の空の時があるそうだ。こんなことを言うのもなんだが」

横瀬は間を置いてから、

「商売も大事だが、あいつの剣術の腕は大したものだ。本人も剣術が好きなようだから、伸ばしてやりたい気もする」

と、言う。

「それは……」

与四郎はなんと答えていいのかわからなかった。

商売がおざなりになっているのは、剣術のせいだとばかりに思っていた。だが、車坂の道場にあまり顔を出していないのであれば、違う理由があるのだ。

「実は、私のほうでも太助のことで少しおかしなことがありまして」

与四郎は事情を説明した。

太助をいつになく注意したら、強い口調で反抗してきたことも伝えた。

「おかしいな」

横瀬が重たい声を出す。

「もう一度、家に帰ったらあいつに問いただしてみます」

「待て。その様子だと、お前さんにも言い出せない事情がありそうだ」

「しかし、問い詰めれば」

「わしの勝手な考えでは、余程のことだと思う。なんといっても、奴が好きな剣術も、商売も、どちらも中途半端になっている。何か悩みがあるのかもしれぬ」

横瀬は自身に言い聞かせるように、洗い場の方を遠い目で見ながら言った。

それから、与四郎に向き直る。

「よければ、わしに探らせてみてはもらえぬか」

「横瀬さまに？」

「無理にとは言わぬが」

「いえ、お心遣いはありがたいのですが、ご迷惑ではないかと思いまして」

「迷惑だなどと」

横瀬は首を横に振った。

「剣術の道を勧めたのは、わしだ」

責任の一端は自分にもあるとばかりの言い方であった。

与四郎は少し考えてみたが、太助が何に悩まされているのか、想像がつかなかった。

「お願いしてもよろしいでしょうか」

与四郎は頭を下げて頼んだ。

「うむ」

横瀬は快く頷き、

「わしが探り出すまで、普段と変わらぬように接してやってくれ」

と、言われた。

与四郎の心は落ち着かなかった。

三

翌日、与四郎が荷売りに出た。

出がけにシロが足元で構って欲しいのか吠《ほ》えている中、太助と少し話した。この間のことを謝ってから、「旦那、今日は何を持っていかれるので?」と、きいてきた。

「少し前に仕入れた琉球《りゆうきゆう》の簪《かんざし》だよ」

「琉球の?」

「近頃よくお使いになってくださる方で、珍しいものをお求めの方がいるんだ。日本橋元大工町《もとだいくちよう》の医者のおかみさんなんだがね」

「あ、その方なら私も知っております。以前、白粉《おしろい》をお買い上げになった」

「そうかい。なかなか、人当たりのよい方だろう」

「ええ」

久しぶりに、太助と他愛のない会話をした。さらに、近頃は愛宕下《あたごした》にもよく行くそうで三村《みむら》兵庫《ひようご》という旗本が小間物を探していると言っていた。今日もそこへ行くという。太助は今日ばかりは商売に気合が入っているようだ。横瀬が太助に問題を抱えていないか探ってみるといったが、この様子ならすでにうまく収まったのかもしれないと思った。

六つ半(午前七時)ごろに、『足柄屋』を出た。

佐賀町から両国橋《りようごくばし》を渡り、日本橋界隈《かいわい》を回った。例のおかみさんは簪は気に入らなかったものの、髪油を買ってくれた。

昼が過ぎた頃、与四郎は蔵前へ行った。『間口屋』は、昨日だけ休んで、今日から商いを始めていた。与四郎は裏に回り、勝手口に入った。

ちょうど、すぐ近くに女中がいた。

女中が心平太を呼ぼうとしたが、

「いえ、実はお内儀さんに心ばかりですが」

と、小間物を何か渡そうと考えていることを伝えた。

女中は上がってくれるように頼んできたが、与四郎は渡したらすぐに帰るだけだからここで構わないと言った。

「すぐに呼んでまいります」

女中は奥に下がった。

その時、廊下に娘のお稲の姿が見えた。濃い鼠《ねずみ》色の地味な着物であった。飾り気はない。化粧も薄かった。お稲は与四郎と目が合うと、軽く頭を下げてきた。与四郎も同じ所作で返す。

「あの、よろしければ」

与四郎は荷箱をあけて、お稲に声をかけた。

お稲はいそいそと寄って来た。

「五郎次さんにはお世話になりましたから」

「頂いても……」

「もちろん」

お稲は目を輝かせながら、荷箱を覗《のぞ》き込んだ。お稲の視線の先にあるものを、与四郎は一つずつ、これはどういうもので、どういう装いに似合うかなどを説明した。お稲は猫の形を軸の上にかざりつけた金の簪と、朝顔の浮彫が施された白い貝の簪を手に取った。

真剣な眼差《まなざ》しで、どちらがよいか見比べている。

「どちらもお似合いですが、お若いですからね。金の簪の方が見栄えがしてよろしいと思いますよ」

与四郎は正直な気持ちを伝えた。

「そうでございますね。こちらを頂いても、本当によろしいのですか」

お稲は身を乗り出して、確かめてきた。

あどけない表情のなかに、どこか女を感じさせる色気が薄らと滲んでいた。

「五郎次さんには、お世話になりましたから。そのお礼と言ってはおこがましいほどでございますが」

与四郎は簪を鮮やかな桜色の美濃《みの》和紙に包んだ。

その時、廊下の奥からお雉がやって来た。

「昨日は義父《ちち》の弔いにお越しくださいまして」

「ちゃんとご挨拶できなかったので、改めて参りました。生前、五郎次さんにはお世話になりましたので、このような形で済ませるわけではございませんが」

与四郎は、お雉にも荷箱を見せた。

「こんな大層なものを」

「ほんの気持ちですから」

「しかし、どれもお高そうなものばかりで」

「遠慮しないでください。いつも、五郎次さんに御馳走《ごちそう》になっていましたから」

与四郎は笑顔を見せた。

しかし、お雉は少し困惑したように、

「おいくらでしょうか」

と、きいてきた。

「いえ、お代は結構ですよ」

「そんな訳には」

「本当に、気持ちですから」

与四郎は両手を前にかざして、いらないという手振りを作った。

お雛はいよいよ困った顔をする。

すでに簪を手にしているお稲に対しても、「お返ししなさい」と、言いつけていた。

お稲は大事そうに簪を握っていたが、何度か催促されると、惜しそうに返してきた。

与四郎は手を伸ばさず、

「どうか受け取ってもらえませんか。このような形でしか、お礼の術《すべ》を知りませんので」

と、軽く押し返した。

「しかし、お代を払わずに受け取ったということをうちの主人に知られたら……」

お雛は困ったように、眉根を寄せる。

そして、お稲を見て、「きっと面倒なことにね」と、沈んだ声で言った。

「そうね」

お稲の声もまた暗かった。

「そんなに厳しいのですか」

与四郎は思わずきいた。

「え、ええ……」

お雛は苦い顔で頷く。

「足柄屋さんに言うことではないかと思いますが、特に娘に関しては厳し過ぎます。この子が不憫《ふびん》なほどです」

ため息が漏れていた。

「祖父が私に何かしてくれても、父は怒ったんです」

お稲が口を挟んだ。

ため息が漏れていた。

「大変でございますね。きっと、心平太さんなりのお気遣いなのでしょうけど」

与四郎はどちらの言い分にも理解を示すような言い方をしてから、

「万が一見つかったとしても、私がどうしてもと引き下がらなかったといえば、きっとわかってくださいます。これは、私が無理に勧めているようなものですので」

与四郎は荷箱を再びお雛に見せた。

「本当によろしいのですか？」

お雛はまだ不安なように何度か確かめてきた。

「ええ、私から余計なことは言いませんから。どうぞ」

「では、お言葉に甘えて」

お雛は遠慮がちな表情ながらも、どことなく嬉しそうに選んでいた。

ざっと荷箱の中身を見渡してから、

「こちらでもよろしいですか」

と、さっきお稲が迷って結局選ばなかった白い貝の簪を手に取った。

「あ、それは」

親子であれば、趣味も似るものかと思った。

「私も、そちらを考えていたんです」

お稲がおかしそうに微笑みながら言う。

「いつも、気に入るものは一緒ね」

お雛も釣られるように笑っていた。

与四郎はふたりには用が済んだとばかりに、「今度、またこちらに伺わせていただきますと、旦那にお伝えください」と言い残して、『間口屋』を後にした。


次の日の朝。

暑すぎもせず、大川からの涼やかな風が襖を開け放した『足柄屋』を通り抜ける。ここ数日で、一番過ごしやすい朝の気温であった。

顔を合わせた太助は、「今日は私が荷売りに」と、言い出した。

むろん、与四郎は構わなかった。

横瀬はまだ太助の様子を探っていないのであろう。与四郎は約束通り、それまでは太助に何もきかないことを決めていた。

太助は荷売りに行ってから、車坂の道場へ寄ると言って、六つ半には店を出立した。

今のところ穏やかな太助に安堵《あんど》しつつも、他の心配があった。

この日は小里の具合が悪かった。

眩暈《めまい》がするようで、朝起きて少し台所仕事をしていたが立っていられなくなり、寝間で横になっていた。

その間、お筋が面倒を見ていた。

与四郎は長太と共に、店に立ちながら、商売のことを教えていた。長太は与四郎を食い入るように見て、必死に覚えていた。

この日、いつもより客足は多かった。

開店してからすぐに客が来て、その客が選んでいる間に、また次の客がやってきた。

それがしばらく続き、客足が途絶えることはなかった。

与四郎だけでは回しきれないので、長太もひとりで他の客を相手に商売をしていたが、要領よくこなせていた。

昼が過ぎ、八つ半（午後三時）くらいになると、ようやく一度客足が途絶えた。

「この機に、何か食べてきなさい」

与四郎が長太に告げると、

「へい、すぐに食べてきます」

と、大急ぎで台所へ向かって行った。

そのすぐ後、店に心平太がやって来た。いつもながらきっちりとした恰好《かっこう》をしている。帯は普段よりきつすぎるくらいに、ぎゅっと締めていた。

「心平太さん」

与四郎はそう呼んでから、

「もう旦那と言ったほうがよろしいですね」

と、言い直した。

「そんなに改まらないでください」

心平太は首を横に振る。それより、話があると真面目な顔をした。もしかしたら、この間、小間物をお雉とお稲、それぞれに渡したことが知られたのかと思った。

心平太のこのような気難しい顔が与四郎に向けられることは、今までなかった。

「なんでしょう」

与四郎は恐る恐るきいた。

「少しご相談がございまして」

「はい」

「女房の身内のことなのですが」

心平太はそこまで言ってから、その先を言いにくそうに、口ごもった。

「なんなりと」

与四郎はここでは話しにくいと察し、客間に移動した。ちょうど、長太が握り飯を食べてから、店の間に戻ってきていた。

「少しばかり、間口屋さんと込み入ったお話をするから、お客さまがいらっしゃったら頼みますよ」

与四郎は長太に任せた。

客間では、心平太は進んで話し出した。

心平太は妻お雉の兄、蜜蔵を快く思っていなかった。

商売人としてはそこそこ立派なひとだが、飲む打つ買うの三拍子が揃《そろ》った男で、小田原界隈で浮名を流しているという。

そんな男は信用ならないと、毛嫌いしていた。

だが、そのことに触れると、お雉と揉めるので、江戸に蜜蔵が来てもなるべく会わないようにしていた。

しかし、今回の五郎次の弔いでは、さすがにそうはいかなかった。

心平太は蜜蔵と些細《ささい》なことで諍《いさか》いになり、蜜蔵は怒って江戸を出て行ったという。

その時から、お雉は口を利いてくれないそうだ。

「昨日、私が伺ったときには」

「お恥ずかしながら、喧嘩の真《ま》っ只中《ただなか》でして」

「でも、お雉さんは、心平太さんのことを大分お気にされていましたよ」

「それは、与四郎さんの前だから、形だけでもそうしているのでしょう。実際のところは、もう口を利く気などないかもしれません」

「そんなことはないでしょう」

与四郎は他人の家庭の事情はわからないが、もしかしたら、そのことで何かお願いに来たのではないかと思った。

ふと、新太郎がこの間言っていたことを思い出した。五郎次に一番金を借りているのが蜜蔵だ。

「蜜蔵さんは、何かあるのですか」

与四郎はつい口から漏れるようにきいた。

「何かといいますと？」

「五郎次さんが金を貸していたとか」

「実はそうなんですよ」

心平太は嫌そうな顔で頷き、

「よく気が付きましたね」

と、驚いたようにきいてくる。

「博打《ばくち》などをしているということなので、何となく察しただけですが」

新太郎から聞いたということは伝えなかった。

「少し話が逸れましたが、悩みというのが……」

心平太はさらに続けた。

蜜蔵には、二十歳《はたち》の子ども、蜜三郎《みつさぶろう》がいる。しばらく前から江戸に来ていたが、蜜蔵が小田原に帰っても一緒には帰らなかった。

むしろ、『間口屋』で奉公したいと言い出したそうだ。

かつて、蜜蔵が『間口屋』で金銭のことで揉めて辞めたことを教えられてから、

「その倅ですから、父と似て、問題を起こす気がします」

と、心平太は決めつけていた。

蜜三郎はどうやら、父蜜蔵に似て、いかにも遊び好きな若者という雰囲気だそうだ。

娘のお稲と親し気に話しているという。

ただ居間で話しているだけならまだしも、今日などは一緒に芝居へ出かけているという。

「蜜三郎がうちの娘に変なことをしないか、それが心配で、心配で」

心平太が厳しい表情で、打ち明けた。

つまり、悪い虫がつかないか心配なのだろう。それも、遊び人の倅で、自分が毛嫌いしている男の倅だから、もし娘と何かあったら余計に嫌なのであろう。すでに、ふたりで出かけているだけで、許せないのかもしれない。

「お稲さんはしっかりとしているじゃありませんか」

「でも、蜜三郎は、顔だけはいい男なんですよ」

まだ納得いかないようで、首を傾《かし》げていた。

「追い出したくても、お雉が認めてくれません。何とか『間口屋』に奉公することは諦めたようですが」

心平太は苦い顔をして、

「それで、よろしければ、足柄屋さんで預かっていただけないでしょうか」

と、下から頼むように言った。

「預かる？」

「といっても、『足柄屋』で奉公させてやってくれというわけではなく、江戸で仕事を探すと言っているので、見つかるまでの間だけなんです」

「そうですか。でも、どうして私に？」

「お雉が、足柄屋さんなら安心して頼めるっていうんです」

「お内儀さんが？」

「本当に、ご迷惑と存じますが、御礼《おれい》はしっかりとさせていただきますので」

心平太は困ったように言った。

与四郎の性分として、頼られたら断ることが苦手だ。それを、小里には注意される。

しかし、与四郎は思わず、

「わかりました」

と、引き受けてしまった。

「よろしいので?」

「ただ一度、蜜三郎さんと会わせてください。私の女房はお腹にしこりがあり、ここのところ、体調が好くありません。このような言い方は失礼ですが、蜜三郎さんがいることで、小里に負担をかけるようでしたら、お断りさせてください」

与四郎は、はっきり伝えた。

それでも構わないからと、心平太は一安心したように帰って行った。

四

その日の夜、五つ(午後八時)ごろ。

さっそく、蜜三郎がひとりで『足柄屋』を訪ねてきた。

蜜三郎は長身で、輪郭のきれいに整ったうりざね顔であった。力強さのある真っ黒な瞳が、いたずらっぽく輝いている。

「蜜三郎でございい」

口元をにこりとさせながら、目は変わらず煌《きら》めいていた。

役者と見間違えるほどの好い男である。

その上、透き通るような声をしている。

装いは濃い浅葱《あさぎ》色の絽《ろ》の着物で、長襦袢《ながじゅばん》の襟は少し濃い同系色であった。少し大きめの長羽織をゆるりと着て、米沢《よねざわ》織の帯をきつすぎず、緩やかすぎずに締めている。閻魔《えんま》の描かれた大きな煙草入《たばこい》れを腰に差し、ほんのりと甘い香りが漂っていた。

上等な下駄は新しいもののようで、汚れがひとつもなかった。

与四郎は蜜三郎が来ることを、寝間で休んでいる小里に伝えていた。小里はまたお節介焼きが始まったとばかりにため息をついたが、あまりに症状がひどいのか、「お好きになさってください」と、反論することはなかった。

自室に、蜜三郎を招いた。

廊下でお筋とすれ違うとき、お筋の目が驚くように大きくなっていた。

お筋が茶の用意をして運んだ。

煙草盆まで支度すると、

「いえ、家のなかでは吹かしません」

蜜三郎は丁寧に断った。

心平太がいうほど悪い男とは思えない。顔が好いことで、娘との仲を気にしているだけではないか。

　他愛のない話をしてから、

「江戸で職を探しているとか？」

と、与四郎は探りを入れてみた。

「はい、江戸では小田原よりも職業が多いので、何をしたらよいのか困りまして」

「どんなことをしたくて？」

「それも、まだ定まっておりませんが……」

　蜜三郎は少し言いにくそうな顔をした。

「父が遊び人なもので、幼い頃より悪所に出入りしていました。といっても、私が遊ぶわけではなく、父に届け物などで」

　蜜三郎は苦笑いしてから、

「しかし、そういうところはなかなか慣れています。江戸でも、そのようなところがあれば、若い衆でもなんでもさせて頂けるとありがたいのですが」

と、与四郎の顔色を窺《うかが》いながら言った。

　吉原には行くことはないが、深川の岡《おか》場所には馴染《なじ》みの客が多くいる。もしそこで働きたいと本気で思っているなら、紹介しても構わない。

与四郎はそのことを伝えた。

「本当でございますか」

蜜三郎は大げさに言った。

「ただし考えている以上に大変な仕事かもしれないよ」

「父の下で働くのが何よりも辛《つら》いですよ。なんといっても、父は口先だけで、始終遊び回っては、面倒なことはすべて私にさせるんですから。その上、給金をもらったことはありません」

蜜三郎が苦い顔をする。

「全く?」

「はい、一文たりともございません」

「では、どうやって暮らしを?」

「食事と住む場所はあるのですが、他のものは自分で稼いでいました。家業の隙《すき》にですが」

「それは、なんといいますか。あんまりですね」

与四郎は信じられない気持ちでいった。しかし、蜜三郎の目は、本当だといわんばかりに澄んでいる。

そのようなことがあれば、小田原に帰りたくなくなるのも当然だ。

「仕事が決まるまで、うちにいて構わないから。二階に使っていない部屋がある。狭いけど、必要なものは揃っているから」

与四郎はその部屋へ案内した。太助の部屋の真向かいだ。

蜜三郎は何度も礼を言ってから、

「あまり御厄介にならないように、早めに探します」

と、意気込んでいた。

「今夜はゆっくり休んで」

「いえ、ちょっと出かけてきます」

「出かける？」

「知り合いと会う約束がございまして」

「そうかい」

与四郎はまだ若いからそんなこともあろうかと、

「四つ（午後十時）になったら戸締りしてしまうので、遅くなるようでしたら呼ぶように。私か太助は起きているから」

と、伝えておいた。

「本当に、助かります」

蜜三郎は再び礼を言って、颯爽《さっそう》と出かけた。

それから間もなく、与四郎が台所で、竈《かまど》の火を見ていた。一日、何も食べていなかった小里が少し腹が減ったというので、粥《かゆ》をつくろうと考えていた。

お筋は長太と、歩いてすぐ傍《そば》の裏長屋に住んでいる。遅くなってもつくりにくると言ってくれたが、

「ここのところ、遅くまで働いてもらっているし、私は商売が終わってからはすることがないのだから、自分でやりますよ」

と、断った。

与四郎は時たま簡単な料理をする。小里はそれほど食にうるさくないので、文句をつけられることはない。むしろ、与四郎がつくるたびに、「昼間、一生懸命に働いてもらっている上に、ここまでさせて申し訳ございません」と、他人行儀に謝ってくる。

粥がいい具合に出来上がる頃、太助が帰って来た。

横瀬も一緒であった。

与四郎から声を掛ける前に、

「たまたま近くで一緒になった。話すついでに、歩いてきたのだ」

と、横瀬が言う。

「そうでしたか。こちらを小里に届けてくるので、少々お待ちください」

与四郎は粥を茶碗によそって、卵を落とした。太助に横瀬を客間に通すように言い、水と一緒に寝間に持って行った。

小里は上体を起こして待っていた。

与四郎が茶碗を手渡して、水を枕元《まくらもと》に置いた。

「すみませんね」

「いや、いいんだ。ひとりで食べられるかい」

「だいぶよくなりましたから」

「ちょうど、太助が帰って来たよ。横瀬さまも一緒だ」

「あら、もう探ってくれたのかしら」

「そうかもしれないな。こんな遅くに来るなんて珍しいからな」

「あの子がなんともないといいですけど」

小里は心配そうに、畳の一点をじっと見つめた。

「そんなことより、温かいうちに食べた方がいい。ちょっと、行ってくる」

与四郎は寝間を出て、客間へ行った。

そこに太助はおらず、横瀬がきっちりと背筋を伸ばして座っていた。太助は茶の用意だけしたようで、与四郎の分まで置いてあった。

「汗をかいたから、庭で行水をしてくると」

横瀬が言う。

「今日は車坂に行ったのでしょうか」

「ああ」

横瀬は頷き、

「まだ聞き出せてはいないが、あいつのことで少し気になることがある」

と、重々しい口調で言う。

与四郎は茶で喉を潤してから、

「どんなことでしょう」

と、恐る恐るきいた。

太助が関《かか》わっているなかに、評判のよくない男がいるという。その男は、ドン尻屋一家の金馬《きんば》という男である。

弔いの日、新太郎がドン尻屋一家の賭場を調べているといっていたのを思い出した。

横瀬によると、ドン尻屋一家の親分は南蛮又四郎《なんばんまたしろう》という男である。又四郎は二代目で、初代の親分は金兵衛《きんべえ》。太助が関わっている金馬は、先代の親分、金兵衛の倅だという。

そもそも、ドン尻屋一家は、旗本や御家人たちを相手に博打を行っている。しかも、打つ前に金がなくても前借りできるという仕組みを立て、高い利息を取っている。返してもらえない場合には、仲間たちと屋敷へ押しかけ、金目のものを攫《さら》い、また妻や娘などに手を出す。

「どうして、あいつがそんな輩と……」

与四郎は呟いた。

「根が優しいからな。悪い連中が寄ってきて、太助をいいように利用しているのかもしれない」

振り返ってみれば、以前にも似たようなことがあった。

太助は良くも悪くも、他人を信じ切ってしまうところがあり、また意固地でその人と縁を切った方がいいと忠告しても、なかなか呑み込んでくれない。

「もしかしたら、金馬のことが、商売や道場に打ち込んでいないことと関わっているのかもしれぬ」

さらに詳しいことは、横瀬がこれから調べてくれるといい、取り急ぎこのことを伝えに来たまでだという。

「あまり、横瀬さまを巻き込むのも」

「構わない。俺も若い頃は、そういうのに引っかかったことがある。他人事《ひとごと》でもないからな」

横瀬は気を遣って言った。

「私の口からは……」

「まだ何も言わないで欲しい」

「わかりました。その時が来ましたら、お教えください。それまで、普段と変わらずに接しますので」

「うむ」

横瀬は帰って行った。

ちょうど、その頃、太助が客間へやって来た。

まだ横瀬がいると思っていたようで、「もう帰ってしまったのですか」と、驚いた様子だ。

「軽く話をしただけだからな」

「なんのお話で？」

太助が与四郎の前に正座する。

「大したことではない」

「もしかして、私のことですか」

太助の目が、ぎょっとした。

「いや」

与四郎は何と答えようか迷いながら、

「実は蜜三郎さんというのが、今日からうちに泊まることになった。蜜三郎さんは、間口屋の旦那の甥《おい》にあたる方で、仕事を探すまでの間だけ世話をする」

と、話を変えた。

太助は横瀬との話の中身がまだ気になっている素振りをしていたが、

「お前さんの向かいの部屋を使ってもらうから、よろしく頼むぞ」

と、与四郎は切り上げた。

翌朝、小里の具合はよくなっていた。今日は働けるとも言っていたが、無理をせず、休んでもらった方がいいとも伝えた。

「そういえば、薬があと数日分で」

「なら、貰《もら》いに行かなくてはな」

南伝馬町三丁目《みなみでんまちょう》の薬屋で、出してもらっている。そこは、元岡っ引きの千恵蔵の紹介で行ったところだ。薬師は頬がこけて、髪が細い小柄な老人で、小里と似たような症状を数々診てきた者である。

値が少々張るのと、偏屈な男という面を除けば、どんな名医に見せるよりも安心できると小里は言っている。

千恵蔵の昔の女も、小里と同じ症状で薬を出してもらったことがある。しかし、千恵蔵と薬師が仲違《なかたが》いしたことから、それ以降は別の医師に同じような薬を作らせていたが死なせてしまったと千恵蔵は後悔していた。

それもあって、千恵蔵は小里の薬代を払ってくれている。

与四郎にしてみれば、あまり快いことではなかった。ほんの些細なことならともかく、他人に薬まで面倒を見てもらうというのはばつが悪い。

小里も初めは遠慮していたが、千恵蔵に押し切られた。

「今回は少し処方を変えてもらいたいので」

小里は足を運ぶという。

「ならついていく」

与四郎は言った。

「私の足では遅いですし、商売の邪魔になってしまいますから」

「なら、太助に」

「太助は昼過ぎから道場で、大事な話があると言っていました」

「だが、お前さんの方が大事だ」

「お筋さんと、ふたりでゆっくり行きますから、どうぞご心配なく」

小里はそんなことよりも早く商売の支度をした方がいいと促してきた。

居間へ行くと、太助と蜜三郎が楽しそうに話していた。どことなく、兄弟のような雰囲気があった。

「旦那、おはようございます。お先にごはんは頂きました」

「構いませんよ。それより、昨日は遅かったかい」

「九つ（午前零時）前に帰ってきました。太助に開けてもらいまして」

蜜三郎が言う。

「蜜三郎さんはすごいお方ですよ」

何がとは言わないが、太助はすでに慕っていた。

そんな話をしていると、お筋と長太がやって来た。

「お筋さん、今日、小里が南伝馬町まで行くんで付き添ってくれませんか」

与四郎が頼む。

「はい。帰ってきましたら帳面の方は付けておきます」

「頼みます」

与四郎は答えた。

お筋にしても、まだ幼い長太の世話もしなければならない。その上、小里の代わりに働いてもらっている分もある。

かなり負担をかけていないか心配であったが、お筋に頼むほかなかった。

「あの」

蜜三郎が口を挟み、

「なんなら、あっしが行きましょうか」

と、言った。

「蜜三郎さんが？」

「はい、仕事は旦那がご紹介してくださるところに話をききに行ってきますが、あっしはただでこちらにお世話になっているのですから、なんでもお申しつけください」

蜜三郎が輝くような目で言った。

「なら任せようか」

与四郎は頼むことにした。

それから、朝餉を済ませて、商売の支度に入った。

八つ半になると、小里と蜜三郎が帰って来た。

小里は元気そうである。

蜜三郎は付き添いとして、しっかりと役目を果たしたそうで、「蜜三郎さんはこんな見た目ですけど、中身はちゃんとしているし、どこに奉公に上がってもやっていけますよ」と、小里が嬉しそうに言っていた。

与四郎がお節介を焼いて、その人を小里が気にいることは珍しい。

また、行き帰りで色々なことを話したようで、

「蜜三郎さんが小田原で蜜蔵さんの元で働いていた話を聞くと、本当に惨《みじ》めなんです。よく我慢してきたと、つくづく感心しますよ」とも言う。

蜜三郎は、「無駄なことを話してしまいました」と、白い歯を見せてはにかんでいた。

「いえ、ありがとうございます」

与四郎は礼を言ってから、

「先生は何か仰っていたか」

と、小里にきいた。

「私のお腹をさわってみると、しこりが少し小さくなったのと、後は柔らかくなっているって」

「それはいいことなのかい」

「好くなっている兆候ですって」

「そうか、効いているんだな」

与四郎は微笑みながら、頃合いを見計らって、薬代はこちらで持つように、千恵蔵に言いに行こうと考えた。

「そういえば、近頃、千恵蔵親分は来ないな」

「全く見えませんね」

「弔いのときにも話さなかったが」

与四郎がそう言うと、

「千恵蔵親分って、今戸のですよね」

と、蜜三郎が口を挟んだ。

「知っているの？」

小里が不思議そうにきいた。

「あっしがこちらにお世話になる前日に、『間口屋』にやって来たんです。あっしが取り次いだので覚えていまして」

「心平太さんに、何か御用があったのですかね」

与四郎がきく。

「それが、父に」

蜜三郎が答える。

「古い知り合いだそうで」

さらに、付け加えた。

「知り合い……」

岡っ引きと、小田原の魚屋がどういう知り合いなのか。だが、蜜蔵は遊び人で、博打もだいぶするという。

「少し聞こえた話ですと、ドン尻屋一家というのが」

蜜三郎はあっさりと言う。

「ドン尻屋一家？」

「旦那、どうなさったので」

　蜜三郎がなんだろうという風にきいてくる。

「いや、なんでも」

　与四郎は首を横に振ってから、

「他にはどんなお話を？」

　と、さらにきいた。

「あまり聞き耳を立てていたわけではないのでわかりませんが、父はまともな人じゃありませんから。そういう輩と絡んでいることもあったのでしょう」

「蜜蔵さんと、ドン尻屋一家が……」

　何か閃《ひらめ》いたわけではないが、与四郎は呟《つぶや》いた。

　暮れ六つ（午後六時）が過ぎて、与四郎は暖簾《のれん》を下げた。

　帳面をつけてから居間に行くと、小里がひとりで座っていた。

　お筋と長太は台所で夕餉の支度をしているのがわかるが、蜜三郎の姿がない。聞いてみると、「知り合いに会いにいくと出ていかれましたよ」と、小里は平然と答える。

「また知り合いか」

「きっと、今まで父親にこき使われて、思うようにできなかったので、江戸に来て羽を伸ばしているのでしょう」

「心平太さんが、蜜三郎さんが遊び人だと心配していたものだからな」

つい、考えてしまう。

「あの人のことですから、悪いことはしないと思いますけど」

「まあ、そうだな」

「心配ですか」

「いや、まだ蜜三郎さんのことをよく知らないからだ。でも、お前さんは色々と話したそうだな」

与四郎は明日から、深川一帯で奉公人を探しているところがないか尋ねてみようと決めていた。

五

暑さが少し引いてきた夕暮れ時。

駒形橋の袂にある新太郎馴染みの蕎麦屋《そばや》では、大川から吹く風が少しばかり出てきて、店を囲う笹《ささ》の葉を揺らし、心地の良い音を奏でていた。

新太郎と千恵蔵は打ち水をした敷石を渡り、店に足を踏み入れた。

客は半分ほど入っている。

店の間と奥の住居とを隔てる襖が取り払われて、簾《すだれ》が垂らしてあった。

奥の席はいつも新太郎の為に取ってあった。

近くの客から全く話が聞かれないわけではないが、少し離れている。他愛のない話をするときにでも、つい探索のことが出てしまう。

周囲を気にせずに過ごせるので、重宝していた。

ふたりはそこに腰を下ろした。

何も言わずとも、女将《おかみ》が三合徳利《とつくり》と猪口《ちよこ》をふたつ持ってくる。

新太郎は千恵蔵に注《つ》ぎ、自分の分は手酌した。

「最近、お忙しいようですが」

新太郎は千恵蔵と弔いの時以来である。あの日は、軽く話す程度で、また今度呑みに行こうと言ったきりであった。

「あの弔いの日、蜜蔵に会った」

千恵蔵が、徳利の最後の一滴を注ぎながら言った。

何も言わなくても、女将さんがもう一本運んできてくれた。

「東本願寺で？」

「いや、『間口屋』を訪ねたんだ」

「もしや、あの時のことを調べているので？」

「金兵衛の襲撃か」

「ええ」

「今さら、あんなこと」

千恵蔵が苦笑いする。

「もう十五年以上も前ですかね」

「それくらいになるな」

「だが、お前さんもまだ若かった」

「親分だって現役でしたからね」

「あの一件は大したことはなかったが、しっくりこないで終わったな」

千恵蔵は遠い目をして言った。

文政《ぶんせい》二年（一八一九年）のことであった。

まだ千恵蔵が親分で、新太郎は手下だった。

その時に探索していたのが、信州《しんしゅう》の博徒、ドン尻屋金兵衛が襲撃された一件であった。滑稽《こっけい》な名前であるが、それとは裏腹に金兵衛は神田須田町《かんだすだちょう》から日本橋《にほんばし》、京橋《きょうばし》を経て芝口《しばぐち》に至るまでの俗にいう「通町《とおりちょう》」の賭場を仕切っていた。

金兵衛は勢力を拡大して、あらゆる賭場から上納金を巻き上げようと地元の博徒たちに強請《ゆすり》をかけていた。

そんな折、浅草駒形橋で突然何者かに腹部を刺された上に、大川に投げ込まれた。しかし、運よく近くを通りかかった間口屋五郎次に助けられて、命拾いした。

博徒の間では、金兵衛の強引なやり口に反感を持つものは多く、誰が命令を下したのか見当がつかなかった。

「誰がやったんだ」

千恵蔵は金兵衛を問い詰めたが、

「わからねえな。俺を恨んでいる奴は山ほどいる」

「だが、浅草で襲われたからにはその界隈の博徒じゃねえのか」

「さあな。それは、お前さんたちが勝手に調べてくれ。俺にはどうでもいいことだ」

金兵衛は自分には毘沙門天《びしゃもんてん》のご加護があると信じており、たとえ襲われたとしても命は落とさないと以前から豪語していた。それが、実際に命拾いしたものだから、余計にその信条が強くなった。

千恵蔵と、新太郎は手分けをして、界隈の者たちを洗いざらいに調べた。調べは博徒だけではなく、金兵衛が開いている賭場に出入りしている武士たちにも及んだ。

だが、金兵衛は用意周到で、何か起こっても客同士が互いの顔がわからないように、賭場では手元だけを灯《あか》りで照らしていた。なので、客が名乗り出ない限り、ひとり客がわかったとしても、そこから派生して調べることができなかった。

「親分、どうしましょう」

新太郎は為《な》す術《すべ》がないとばかりに頭を抱えていた。

その折に、有力な情報を伝えてくれたのが、金兵衛を助けた間口屋五郎次だった。

実は金兵衛の妾《めかけ》は『間口屋』のすぐ裏手の二階屋に居を構えていた。

だが、五郎次と金兵衛の関係はもっと深く、出会いは、文化《ぶんか》二年（一八〇五年）のことだという。

五郎次が二十七歳、父が亡くなり七年目、『間口屋』はもう五郎次の顔で通るようになっていた。

その頃、金兵衛は三十五歳、博徒として賭場を開く前で、前野《まえの》曼助《まんすけ》という一橋《ひとつばし》家の勘定役をしている御家人の中間《ちゅうげん》をしていた。前野の指示で、札差の『間口屋』によく金の都合をつけに来ていたらしい。

金を借りる立場である者たちは、それほど横柄な態度を取らないというが、金兵衛は違っていたらしい。

何度目かに借りにくるなり、

「お前さんに儲《もう》けさせてやる」

と、言い放ったそうだ。

五郎次は腹を立てるどころか、面白い人がやってきたと、「それはありがたいですな。どのように儲けさせていただけるのでしょう」と、きき返した。

「ただ米を担保に金を借りるだけでは利息しか手に入らない」

「その利息で、生活させていただいております」

「だが、それでは不満なはずだ」

「いいえ、十分に稼いでいますので」

「しゃらくせえことを言いやがんな。金はあるにこしたことはねえ。ちげえか」

金兵衛は暫《しばらく》の市川團十郎《いちかわだんじゅうろう》張りに、見栄を切った。

「ごもっとも」

「なら、利息じゃなく、稼がせてくれ」

「稼ぐ？　中間のあなたが？」

「ああ、今は中間だがな」

「何をなさるおつもりで？」

このような男だ。悪いことでも企んでいるのではないか。

そう感じたが、

「俺が仕えている旦那が、なかなかの文才がある」

と、思いもかけないことを言った。

「文才？」

つい、五郎次はきき返した。

「そうだ。武士でいるのも金がかかるだけだから、お役目を辞めて隠居しようかと悩んでいる。だが、隠居するにしても、これから暮らしていくまとまった金がないとどうにもならねえ」

金兵衛の話に、五郎次はつい引き込まれた。

「それで？」

五郎次が続きを促す。

「うちの旦那が書いた『自来也説話《じらいやものがたり》』という本を出版すれば、売れるに決まっている。また、これは芝居にもできる。その興行をすれば、ちまちま利息で稼ぐよりも、だあっと金が舞い込んでくる」

金兵衛は大きな身振りを交えて力説した。

「まずはその資金がいる。金さえ出してくれれば、売上の一割はお前さんの物だ」

「一割ですか」

「不満なら、もう少し増やしてもいい」

「利息はつけて、元金は必ずお返しいただけるのですか」

「ああ」

金兵衛は大きく頷いた。

ここまで言い切られると、かえって信じることはできなかった。

「まあ、当たれば大きいでしょうが」

「当たるに決まっている」

「ですが、こればかりはわかりません」

「いや、まずは読んでくれ」

金兵衛は前野の原稿を持ってきた。

五郎次は本は好きで、古今東西、様々なものに目を通していた。自身でも、見る目はあると思っていた。

自来也という名前を聞いたときに、宋《そう》の説話集『諧史《かいし》』に現れる盗賊の我来也《がらいや》を思い浮かべた。

実際、我来也を基にした主人公であった。

自来也は妖術《ようじゅつ》を使い盗みを働く義賊で、忍び入った家屋敷の壁に『自来也』と書き残していく男である。ガマガエルの妖術を使い、不死身の鹿野苑軍太夫《ろくやおんぐんだゆう》に父を殺された武士勇侶吉郎《いさみともきちろう》の敵討を助太刀する。

次から次へと読み手を引き込む、心躍る物語であった。

「これは……」

売れる、と五郎次はすぐさま思った。

その様子を見ていた金兵衛は、いかにも満足そうであった。

「金を出してくれるか」

「ええ、この内容でしたら」

五郎次は前金で、金兵衛に安くはない金を渡した。またこの話を出版したり、芝居にして得る利益の二割は、五郎次の元へ入ってくるという契りを交わした。

その一年後、『自来也説話』は読本《よみほん》として世に出た。

前野曼助は感和亭鬼武《かんわていおにたけ》という筆名を名乗り、挿絵は北斎《ほくさい》の弟子の中で筆頭に挙げられる蹄斎北馬《ていさいほくば》が描いた。

さらに翌、文化四年（一八〇七年）には大坂で歌舞伎《かぶき》狂言が組まれた。絵入りの読本を歌舞伎に仕組んだのはこれが始まりであり、この作品は以降、何度も上演されるなど大人気を博した。

当然、五郎次の元にも、利益がもたらされた。

金兵衛はそこで儲けた金を元手に、金がなくても借金して賭博ができる賭場を開いた。もとより、武家奉公をしていたお蔭《かげ》で、初めは御家人、そのうちに旗本まで来るようになり、すぐに繁盛しだしたという。

そういう経緯があることから、金兵衛は五郎次に対しては多少なりとも恩を感じているようであった。

五郎次がもたらした有力な情報というのは、近頃、金兵衛と妾の間がうまくいっておらず、よく口喧嘩をする声が漏れてきていたという。

喧嘩の中身は、妾が孕《はら》んだことだという。

金兵衛は子どもを欲しておらず、堕《お》ろそうと妾に毒を盛った。そのことで、もう関わっていけないと、妾が別れを切り出した。だが、金兵衛はそれを認めずに、話がこじれていたという。

また、妾の家に出入りしていた若い男がいるということも、五郎次が語ってくれた。

五郎次はその男の顔をはっきりと見たわけではないが、

「もしかしたら、知り合いかもしれません」

と、話していた。

懐かしい話に、新太郎と千恵蔵はその当時の気分に浸っていた。

「結局、あの後、五郎次さんはそれが誰だか教えてくれたんでしたっけ」

新太郎は酒をぐいと呑みながらきく。

「いや、教えてくれなかったな。だが、見当はついたな」

「ええ」

「お前さんが調べてくれたお蔭だ」

千恵蔵は懐かしそうにいう。

妾と、内緒で付き合っている男が襲撃に関与しているかもしれない。新太郎はそれを念頭に、きき込みに行った。

日頃親しくしていたある遊び人は、その妾を昔から知っているようで、

「元々は品川《しながわ》の女ですよ」

と、教えてくれた。

妾を囲ったのは、襲撃の一年ほど前。金兵衛が勢力を芝口にまで広げた頃であった。

その頃、よく品川へ行っていたようで、五郎次もよく見かけていたという。

「ちょっと面倒なことになってな。女をひとり囲わなくちゃならねえんだ」と、金兵衛は舌打ち交じりに言っていたそうだ。

これは金兵衛の照れ隠しで、以前にも妾を囲うことになったときには、同じような言い訳をしていたという。

新太郎には、金兵衛にそのような一面があることを意外に思い、

「どんな女なんです？」

と、きいた。

「品川の遊女で、まだ十九」

「若いですな」

「だが、しっかりしている。お父《とっ》つあん想《おも》いのいい奴です」

以前の妾も、どこかの岡場所の女で、貧しい家の娘だった。

探索を進めるうちに、金兵衛も貧しい家から成り上がった男だとわかり、何か感じるものがあったのだろうと思った。

「あの子はお父つあんの借金を返すために、金兵衛さんの妾になったのでしょうけど、その前から馴染みの客がいましてね。客というよりは、情夫ですな」

さっそく調べてみると、情夫というのが蜜蔵であった。

さらに、蜜蔵は五郎次の倅心平太の妻お雉の兄だということがわかった。それで、五郎次は言いたくなかったのかとも考えた。

五郎次の気持ちはともかく、それを踏まえた上で、千恵蔵と新太郎は蜜蔵にきき込みを行った。

しかし、蜜蔵が金兵衛を襲ったという証《あかし》がなく、また殺しに至らなかったので、次第に他に殺しがあると、そちらに注力をして、その件はそれ以上追及することはなかった。

ちなみに、金兵衛はその時の傷が元で、数年後に命を落とす羽目になった。

「で、お前さんが言っていた水島東西なんだが」

千恵蔵は急に改まったように言った。

どうして、そこに東西が出てくるのかと、新太郎は首を傾げた。

「水島東西は蜜蔵とよくつるんでいたことを思い出してな」

「え？　あのふたりが？」

新太郎は首を捻った。

「もしかしたら、俺がそのことを調べている時には、お前は他のことに当たっていたのかもしれねえ。大したことじゃなかったから、話さなかったんだろう」

千恵蔵はそう言い、

「ふたりとも、生まれは荏原《えばら》で、家が近所だった。六歳ほど東西の方が年上だが、幼い頃はよく遊んでいたそうだ」

と、話し出した。

蜜蔵の父は町医者で、東西の父は地主であった。

町医者といっても、それほど稼いでいるわけではなかったそうで、水島家には金を借りたり、患者を紹介してもらったり世話になっていたという。親同士がそのような関係だったので、自然と蜜蔵も東西の言いなりになっていたという。

東西が二十歳前後で酒と喧嘩に明け暮れたときに、蜜蔵はその手下で一緒に悪事を働いていた。

やがて、ふたりが刃傷沙汰《にんじょうざた》を起こし、共に捕まって、牢屋《ろうや》に入れられた。その時に、東西は同じ牢屋の様々な囚人たちを見て、人相でその人の定めがわかると気づいたそうだ。

ふたりは、東西の父が裏で手を回してくれたお蔭で、すぐに解き放たれた。

「あとでわかったことだが、金兵衛は東西の儲けた金からみかじめ料を差っ引いていた。しかも、八割くらいも持っていった。妾のことにしろ、東西のことにしろ、蜜蔵が金兵衛を殺《や》る理由は揃っていたわけだ」

千恵蔵は決め込んでいった。

五郎次の弔いの日、千恵蔵はそれを蜜蔵に確かめたという。

「それで、何かわかりましたか」

「いや、認めるわけではなかったが」

「親分の感じからしたら?」

「蜜蔵じゃない」

「え?」

「俺も奴の仕業だと思って行ったのに、話をしていると違う気がしたんだ。まあ、俺の勘が鈍ってきただけかもしれねえが」

千恵蔵は渋い顔で言った。

そして、誰がやったのかわかったような目をしていたが、そこまでは話してくれなかった。

第二章　ドン尻屋一家

一

間口屋五郎次の初七日法要が終わると、慌ただしさが多少なりとも落ち着いてきた。しかし、それでも五郎次に生前世話になっていたというものは多く、来客が一日に数人はいた。

心平太は改めて、父がどれだけ慕われていたのかに気が付いた。

（それに比べて……）

時折、心平太は卑屈になった。

札差《ふださし》の商売は父の方針を引き継ぎ、貸金の金利を低くしたままにする。五郎次が亡くなったが、金を借りに来る武士たちの数は以前と変わらない。

別に経営している『花々屋』も、黒字が続いている。

しかし、常に五郎次と比べられる。

「前の旦那《だんな》は粋《いき》で、いなせで、話しやすかったが、新しい旦那は堅物すぎる」

そんな陰口が、方々から聞こえた。

また家のなかでも、

「お前さんは厳しすぎます」

と、女房のお雉に言われる。

何も間違ったことはしていない。信念は揺らいでいない。

すべては、妻と子ども、そして『間口屋』のためにしていることだ。

娘のお稲は、そのせいか、最近では顔を合わせると会話もなくどこかへ去っていく。

唯一、文句を言わないでいるのは、『間口屋』の番頭の喜助だけであった。この男は、父よりも年上で、七十歳をとうに過ぎている。心平太が幼い頃《ころ》から知っている。

喜助は欲がなく、『間口屋』への忠誠心が強い。その上、媚《こ》びることはなく、常に冷静で、正しい指摘をしてくれる道案内のような男であった。『花々屋』の商いにも、助言をくれる。

「若旦那」から「旦那」へと、一番最初に呼び方を変えてくれたのも喜助であった。

喜助がそう呼ぶことにより、他の奉公人たちも従った。

誰《だれ》からの信頼も厚く、心平太が注意すると角が立つものも、喜助に任せるとすべてうまく収まる。

喜助は心平太が何かに悩んでいると察したらしく、閉店してから、「旦那、久しぶりにふたりで呑《の》みましょう」と、近所の料理茶屋に誘ってくれた。

芸者や太鼓持ちなどは呼ばない。

「あのような遊びは、何が楽しいのかわかりません」

喜助は日頃から、そう言っている。

だからこそ、酒の失敗もないし、女でしくじることもない。遊び人の父が重宝した訳がよくわかる。

粗食で、贅沢《ぜいたく》を好まない。この料理茶屋でも、さっぱりとした味付けのものを用意するように板長に言いつけ、

「旦那には、長生きしてもらわないといけませんからね」

と、冗談めかしながらも心平太に指摘した。

「お前がそう言うなら間違いないだろう」

「ええ。先代は、こんなことを言うのはおこがましいですが、贅沢が過ぎて寿命を縮めました。本当に惜しい方を亡くしました」

喜助はまるで自分が管理できなかったのがいけないと反省しているようであった。

ふたりの話は食事をしながら、『間口屋』の今後のことに及んだ。

喜助は早くも後継者の心配をしており、

「お稲さんが誰かいいひとを見つけてくだされぱいいのですがね」

と、深い目つきをした。

「まだ、お稲には早い」

「そう仰《おつしや》っても、もう十五です」

「近頃、色気がついて困っている」

「そういうお年頃ですから。旦那は厳しすぎるんですよ」

喜助が軽く注意した。

「そう思うか」

心平太は納得いかないように、首を傾《かし》げる。変な男に引っかかって欲しくない。娘のことは間違いはないと考える一方で、父五郎次が遊び人だったので、その傾向がお稲にも影響していないか心配でもあった。

「お稲さんだったら、放《ほう》っておいてもいい人を見つけられますよ」

喜助は鬱陶《うつとう》しそうに言った。

「だがな……」

心平太はどうも落ち着かない。

近頃、顔を合わせても口を利いてくれない。五郎次が亡くなったあたりからそれが顕著に現れた。

「お稲は何をあんなに嫌がっているんだ」

心平太は、ぽつりと口にした。

「お心当たりはないので？」

喜助がきく。

「俺《おれ》が堅物すぎるところか」

「でも、それは昔からお変わりにならないこと。なにかお稲さんが嫌がることをしたとか」

「嫌がることとか」

心平太は考えこむ。

他所《よそ》の家よりも、躾《しつけ》には厳しい。派手な簪《かんざし》や笄《こうがい》などは身に着けさせないようにしている。着物や帯に至っても、すべて上等だが地味な色のものを与えている。

弔いの日の身だしなみにも、うるさく注意した。

それが尾を引いているのか。

「そういえば、お弔いの日にお廊下で注意されていたことがございましたね」

喜助が思い出したように言った。

「あれは、蜜三郎のことだ」

「蜜蔵さんのご子息の？」

「そうだ」

「蜜三郎が何かしでかしたのですか」

「お稲と、親し気に喋《しゃべ》っていた」

「それが何か問題でも？」

「蜜三郎がお稲を狙《ねら》っているかもしれない」

「そうですかね？　私には、ただの仲の良い親戚《しんせき》同士にしか見えませんでしたけど」

「なんといっても、あの蜜三郎だ。着ているものなんかもご覧なさい。まともとは思えない」

心平太は喋りながら、徐々に蜜三郎のことを思い出して、余計に腹が立ってきた。

「今日ばかりは、呑んでもいいか」

心平太はきく。

「いけません」

喜助は止めた。

この男は酒をすべて否定しているわけではない。楽しいから呑むのであって、嫌なことを忘れるために酒を呑むのは違うと、十五、六くらいの時から心平太はうるさいほどに注意されてきた。

喜助の言うことだからと、心平太は従ってきた。

「だが、どうにも」

腹の虫が収まらない。

「もしかして、蜜三郎さんが『足柄屋』さんに泊っているのも」

「何かあってからだと遅いからな」

「ただ楽しく話していただけですよ」

「ふたりで芝居も観《み》に行っていた」

「大したことないじゃありませんか」

「あの蜜三郎だ」

心平太はもう一度、蜜三郎の名前を出した。

喜助はため息をついてから、

「もしかして、蜜蔵さんのご子息だからってことで」

と、確かめてきた。

蜜蔵の悪い話は、喜助も重々知っている。

もう十五年以上前、蜜蔵が『間口屋』の金で勝手に吉原の女を身請けしたことがあった。

その女は東北の貧しい生まれで、不作で借金を抱えた父親の暮らしを少しでもよくするために、吉原に自ら身を投じたという。そんな女が健気《けなげ》で可哀《かわい》そうだからと、『間口屋』の土蔵にしまっておいた千両箱を持ち出した。

すでに身請けすることで話をつけた時に、千両箱が無くなっていることに喜助が気づいた。奉公人たちに確かめてみると、何人かが蜜蔵が持って行ったと証言した。

それで問い詰めてみると、蜜蔵は素直に認めた。

すでに金も払ってしまってある。今更、返してくれとはいえない。

五郎次は自分の金で、その千両を補充した。

過ぎてしまったことは仕方がないから、これからそのようなことがないようにと注意するだけで終わった。

だが、この時ばかりは喜助が怒った。

「お金のことなら何とかなるかもしれませんが、『間口屋』の看板に傷がついたらどうしてくれるのですか。せっかく、旦那が好《い》い評判を築き上げてきたのが、一瞬で水の泡になりますよ」

喜助は目を尖《とが》らせ、言葉遣いは丁寧なものの、今までに聞いたことのないほど凄《すご》みのある太い声を出した。

さすが、元は武士であったと思わせるほどの威圧であった。

喜助は、五郎次の先代から奉公している。先代があまりにもあくどい商売のやり方で悪評が高く、それを払拭《ふっしょく》した五郎次の努力を知っているからこそ、蜜蔵の後先考えない行動が我慢ならなかったのであろう。

心平太は、その時のことを喜助に思い出させるように語った。

だが、喜助は食後の茶を飲みながら、

「そんなこともありましたが」

と、渋い顔をする。

「だからといって、蜜蔵さんと蜜三郎さんは別人ですよ。たとえ親子であっても、性格から好み、何から何まで似ているわけではないところもあるんです」

旦那がそうでしょうとばかりに、喜助はぐっと目を見てきた。

「だったら、どうすればいいっていうんだ」

「放っておくことです」

「……」

心平太は想像してみたが、蜜三郎さんがお稲にちょっかいを出すところが脳裏に浮かぶ。

「だめだ」

首を横に振る。

「それなら、いっそのこと、当人に確かめればいいではありませんか」

「当人っていうと？」

蜜三郎には、それとなしに告げていた。

どれだけ、自分がお稲を大切に育ててきたのかを説いて聞かせた。「ごもっともです」と、蜜三郎は答えていたが、爛々《らんらん》と輝く目を見ていると、とても気持ちを受け取ってくれているようには感じられなかった。

それに、そのように言い聞かせたのにもかかわらず、その二日後にふたりで芝居に出かけたのである。

口先だけの男、父親の蜜蔵と変わらないではないかと、心底失望した。

「お稲に、私の気持ちを伝えろと？」

心平太は食ってかかるように確かめた。

「話さなければ、わからないこともありますから」

「だが、その話すらしてくれない」

「それは、旦那が避けているのではありませんか」

「なに？」

「もっと素直に向き合えば、お稲さんだって応《こた》えてくれますよ」

「……」

心平太は何も言わずに、ただ首を横に振った。

「まず、お稲さんが旦那のことを恨んでいる訳はございません。でしたら、気まずいのか、それとも小言を言われるのが耐えられないのでしょう」

喜助は淡々と言う。

心平太は頷《うなず》いた。

すると、喜助はさらに続けた。

「商売も同じでございますが、旦那はなんでも自分で抱え込もうとしています。旦那なりの最善策なのかもしれませんが、それがかえって裏目に出ることもあります」

喜助の言葉の端々に、長年の経験から来る説得力が伴っていた。

「前にも、そんなことを言われたな」

「口うるさくて、申し訳ございません」

「変えられない私が悪い」

「徐々に変えていけばいいではございませんか」

そんなに悩むことはないとばかりに、喜助はあっさりとした口調になる。

「もう四十手前だ。いまさら性格を変えることなど」

心平太は皮肉っぽく、唇を歪《ゆが》ませた。

「何歳からでも変われると、先代も仰っていたではありませんか」

「父はそういう人だ」

褒めているつもりだった。

「そこを見習おうとなさらないので？」

「だから、私は父とは違うから、それが容易にできないっていうんだ」

心平太の声が、つい強くなった。

「……」

喜助は真剣な目で、心平太の目を覗き込んでいた。

「先代は、傍《はた》から見れば愉快な方で、まるで悩むことを知らないように見えましたが、陰では相当色々なことに頭を悩ませていたのでございますよ」

喜助が決め込んで言う。

「え？」

心平太はきき返した。

「たとえ、内儀のお菊さんにであっても、旦那にであっても見せない顔でした。むろん、私にも見せようとして見せたわけではないでしょう。しかし、五郎次さんのお父上の悪評をどうやって取り除けばいいのかじっくり考えた結果、あのような快活な生き方になったんです」

「まさか」

「本当です。元の性格は、もっと真面目《まじめ》で、遊びにご興味のないお方です。すべては商売のために変えたんです」

喜助はそう言ってから、

「いえ、ご家族の、お菊さんと旦那の為《ため》にそうしたんです」

と、言い直した。

心平太は何と答えていいのか、言葉が出てこなかった。

あの父親が、真面目で遊びに興味がなかったとは考えにくい。だが、心平太が五郎次に言われたある言葉を思い出した。

心平太の母、お菊が亡くなったときだ。

「お前は俺のようになるな。俺は好きでこうしているんじゃない」

五郎次は深酒していた。

それ以上、話すことはなかった。だが、後悔しているのか、さみしいのか、それとも倅《せがれ》に父親らしいところを見せようとしたのか、複雑な目をしていたのは、今も脳裏に焼き付いている。

「ほんの少しでいいですから、考え方を変えてみたら如何《いかが》ですか？　そうすれば、お稲さんだって、心を通わせてくれるかもしれません」

喜助は改まった口調で言った。

「うむ」

心平太は頷いてから、

「お前さん、探ってみてくれないか」

と、口にした。

「口を利いてもらえないからな」

すぐに、付け加えた。

「そこは旦那が」

喜助はわかってくれとばかりに、深い声を出した。


その日の夜。

すでに、四つくらいにはなっている。

心平太は家に帰り、居間へ行った。女房のお雉が三味線《しゃみせん》を弾いていた。数年前から習い始め、毎日のように稽古《けいこ》している。いずれ、名取《なとり》になりたいと励んでいる。

心平太に気が付くと、撥《ばち》を置いた。

「私は今まで、堅物すぎたかな」

心平太はぼそりと言った。

「ええ」

お雉は表情を変えることなく、三味線を片付け始めた。つい先日、夜に迷惑だからと強い口調で叱《しか》ったことがあった。普段であれば気にならないのに、弔いのことで帳面をつけていて、三味線の音がいらつかせただけであった。

お雉は反論することなく、「気を付けます」とだけ答えた。

その時のことが尾を引いている。

「すまなかったな」

心平太は素直に謝った。

「はい？」

お雉は呆気《あっけ》にとられた顔をした。

「三味線のことだ。つい言い過ぎてしまった」

「いえ、いいんですよ。夜にお稽古をするのも、迷惑でしょうから」

「そんなことはない」

心平太は首を横に振る。

「それより、番頭さんとはお話できたのですか」

お雉がきいてきた。

「ああ」

「番頭さんが誘うとは珍しいので、何があったんだろうと心配でしたけど」

「まあ、色々とな」

心平太の癖で、詳しくは話さない。

すぐに喜助の言葉を思い出し、

「ちょっとお稲のことでも悩んでいたからな」

と、口にした。

「お稲のこと？」

「ほら、最近嫌われているだろう」

「まあ」

お雛は苦笑いする。

「それで、私にも非があったと思ってな」

「あの子も難しい年頃ですから」

「お前にも、そういう時があったのか」

「まあ、失礼な。私だって、若いときがありましたのに」

お雛が不貞腐《ふてくさ》れた。

「あ、いや」

心平太は思わず口ごもった。

お雛はすぐに笑顔になり、

「冗談ですよ。女ですから、たまには艶《あで》やかな装いをしたい時だってありますし、華やかな櫛《くし》や笄を身に着けたいことも」

と、言い直した。

「男にちやほやされたいってことか」

心平太は率直にきく。

「違いますよ。殿方からどう思われようが気にしないで、女だけであれが似合っているだの、これが素敵だのと、わいわいしたいんですよ」

お雛はあきれたように、ため息交じりに引きつった笑いをした。

「そういうものか」

心平太には、よくわからない。

「まあ、お前さんにはわからないでしょうね」

「ああ」

「ともかく、温かく見守ってあげてください」

お雛が軽く頭を下げる。

「そうだな」

心平太は頷いてから、

「お稲は？」

と、確かめた。

「部屋にいます。きっと押し花をしているんでしょう」

父五郎次の趣味を、お稲が引き継いでいる。元々は、『椿説弓張月《ちんせつゆみはりづき》』や『南総里見八犬伝《なんそうさとみはっけんでん》』で知られる読本《よみほん》作者の滝沢馬琴《たきざわばきん》が押し花帳をつくっていたところから、五郎次も興味を持ったという。五郎次が馬琴と知り合ったのは、出版の資金を工面した感和亭鬼武との縁がきっかけだ。

今になれば、父は商売のために、風流人に趣味を合わせていたのではないかとも考えられる。

「ちょっと話しに行ってくる」

心平太は新鮮な気持ちでお稲の部屋へ行った。

襖《ふすま》の前に立ち、

「入るぞ」

と、言って開けた。

その瞬間。

開け放たれた部屋の窓から何かが消え去った。

お稲は窓際の壁に体をもたれていたが、すぐに立ち上がった。

「御父さま」

慌てたような声だ。

「今のはなんだ」

「え?」

「誰かと話していたんじゃないのか」

心平太の声が濁る。

「ちょっと、近所の猫が」

「そんなようには見えなかったが」

「猫ですよ」

お稲の目が、おろおろと泳いでいた。

「蜜三郎じゃないのか」

心平太は眉間《みけん》に皺《しわ》を寄せ、問い詰めた。

「違います」

お稲は必死に否定して、

「それより、いきなり入ってきてどうなさったのですか」

と、きき返してきた。

「お前に変な虫が寄り付かないか確かめに来たんだ」

心平太は考える前に言葉が出た。

あれは、蜜三郎だった。はっきり見えていないが、そうに違いない。あれだけ注意したにもかかわらず、まだこそこそとお稲と会いやがって。

一瞬にして、怒りが湧《わ》いてきた。

心平太はお稲と話し合わず、怒り任せに部屋を飛び出した。

二

雨がじとじと降る朝。

与四郎が居間に行くと、蜜三郎が鏡に向かって、顔をいじっていた。覗き込むと、顔に擦り傷があった。

「あ、旦那」

鏡越しに気づいた蜜三郎が、振り返る。

「太助は？」

「いえ、もう商売に出ましたよ」

「もうかい」

「たくさん稼ぐといって、出ていきました」

「そうか」

与四郎はどこか不安になりながらも頷いた。

蜜三郎はどこかばつの悪そうに、

「すみません。顔にこんなもの作ってしまって」

と、謝って来た。

昨日、与四郎が蜜三郎に仕事を見つけてきた。深川八幡の裏手にある料理茶屋『壇ノ浦』である。

今まで芸妓屋《げいぎや》をきいて回り、蜜三郎を連れて行ったが、いずれも断られてしまった。どこも蜜三郎の顔が整っていて、芸妓と何かあるのではないかと先が案じられるというのが理由であった。

「こんなに顔で損をすることがあるとは思いませんでした」

蜜三郎は苦笑いしていたが、

「でも、めげずに探してみます」

と、次から次へと当たってみた。

「傷は少しすればよくなるから」

「そうですが、初めて会うのにこんなものがあったら、悪く捉《とら》えられませんか」

蜜三郎が心配そうにきいた。

「喧嘩《けんか》をした傷ではなさそうだから、悪くは思わないだろうけど」

与四郎が傷をじっくり見ながら言う。

擦り剝《む》けたようで、まだ赤みが残っていた。

「一体、どこで作ってきたんだい」

「昨日も帰りが少し遅くなり、足元が暗かったので転んでしまい」

蜜三郎は苦笑いする。

「まだ痛むか」

「触れば少し」

「ちょっと待っていなさい。たしか、薬売りがこの間置いていった……」

与四郎は隣の部屋から、薬箱を持ってきた。

その中に、軟膏《なんこう》の傷薬が入っている。

「念のために、これを使ってください」

与四郎は渡した。

「すみません」

蜜三郎が鏡に向かい、軟膏を顔に付けていると、小里がゆっくり歩いてやって来た。

朝はすぐに起きられないが、いくらか体調が戻ってきている。

「どうしたんです？」

小里が、蜜三郎にきいた。

蜜三郎はさっきと同じ答えを返す。与四郎が、これから『壇ノ浦』の主人と蜜三郎が会うことを告げた。

「それなら、少し傷口を隠したほうがいいかもしれませんよ」

小里は化粧道具を持ってきて、淡い白粉《おしろい》で薄化粧をすれば目立たなくなると教えた。

蜜三郎に化粧を施す。

素顔のままでも好《い》い男だが、薄っすらと化粧をしただけなのに、蜜三郎の煌《きら》びやかさが際立った。

蜜三郎は満足そうである。

「それにしても、『壇ノ浦』とはね」

小里が微笑《ほほえ》んで言う。

「先日、お店の前を通ったのですが、随分と大きくて、立派なところで……」

蜜三郎が子どものように目を輝かせる。

「あそこは料理だけでなく、座敷や庭にまで贅を尽くすような料理茶屋ですよ」

座敷は最も狭くても奥行が二間（約三・六メートル）、幅二間半（約四・五メートル）で、その上、各座敷には風呂《ふろ》が完備されている。浴室は一間（約一・八メートル）四方で、二畳ほどの板の間がついている。

客が『壇ノ浦』に入ると、まずは長い廊下を歩かされ、二十畳の控えの間に案内される。そこの襖絵は狩野探幽《かのうたんゆう》のもので、雪舟《せっしゅう》の掛け軸や、酒井田柿右衛門《さかいだかきえもん》の花瓶など高価なものが所せましと置かれている。

ここで寛《くつろ》ぐように言われ、練羊羹《ねりようかん》と濃茶《こいちゃ》が運ばれてくる。しばらくすると、若い衆がやってきて、唐風《からふう》の部屋に案内される。

料理の前に、

「湯の準備が整っております」

と、告げられる。

湯を済ますと、白地の木綿の浴衣が用意されており、それに着替えて食事になる。

小里は丁寧に、『壇ノ浦』のことを蜜三郎に教えた。

「そんなところが……」

蜜三郎は、はにかんだまま、言葉を失っている。

「元々、『平清』という深川土橋の料理茶屋で番頭をしていた方が、開いたお店です」

与四郎は付け加えた。

「『平清』ですか」

蜜三郎は知っている風な口ぶりであった。

尋ねてみると、

「寺門静軒《てらかどせいけん》の『江戸繁昌記』に取り上げられていたので、『平清』は知っていました。それに、『間口屋』の料理人の三吉が『平清』にいましたから」

と、蜜三郎は答えた。

与四郎はそうだったことを思い出した。

江戸で稼いで、一度でいいから行ってみたい店だという。

「きっと、蜜さんならそれくらい出世しますよ」

小里は声を掛けた。

「では、そろそろ」

与四郎は蜜三郎に合図をする。

蜜三郎はひとりで『壇ノ浦』へ向かった。


昼になった。

蜜三郎が戻ってきた。嬉《うれ》しさを隠しきれない様子で、「『壇ノ浦』の主人に気に入ってもらい、今日から働くことになりました」と、報告してきた。

「それはよかった。ああいう店なので大変だろうけど」

「とりあえず、任された仕事はひとつだけなので覚えることはそんなになさそうですが、体をしっかりつくらなければなりません」

「ひとつだけ？」

「ええ。あそこの旦那が最近新たに考案した玉川《たまがわ》すましというものを作るための仕事なのですが……」

蜜三郎は苦笑いした。

玉川すましというのは、具材の入っていない鰹出汁《かつおだし》のすまし汁で、それだけで吉原の大見世《おおみせ》の花魁《おいらん》の揚げ代と同じくらいの値段がするらしい。ただし、注文をうけてから、玉川上水まで急いで水を汲《く》みに行き、新鮮な水で作ったものだという。試しに馴染《なじ》みの大店《おおだな》の旦那衆に出してみたところ、好評を博したので、定番とするそうだ。

「また、あの旦那は風流というか奇抜なことを考えるものだ」

与四郎には、わからない価値であった。

「さっそく働くと仰っていたね」

「はい、夕方からです」

毎日、『壇ノ浦』には七つ（午後四時）くらいに出るという。

「住み込みでかい」

「いえ、どこか住むところを探さないとなりません。ちょうど、この裏手に空き家があるので、あとで大家さんと話してこようかと」

「それなら、ここにいたらどうだい」

与四郎はきいた。

「え、よろしいのですか」

蜜三郎は驚いたようにきき返す。

「小里も蜜さん、蜜さんと気に入っているし、太助もその方が喜ぶと思うよ」

「ここに居させて頂けるなら、それに越したことはないのですが」

帰ってくるのが遅くなるかもしれない、と言った。だが、十日間ほどであるが、これまでも遅く帰ってきていたし、問題はなかった。

「お気になさらずに」

与四郎は言った。

蜜三郎は何度か断ったのちに、

「そこまで仰ってくださるのであれば、お言葉に甘えます。本当に、感謝しかございません」

と、深々と頭を下げて礼を言う。

小里には相談していないが、蜜三郎のことであれば、きっと平気だと思った。

案の定、あとで小里に話してみると、

「ちょうど部屋も空いていますし、よろしいのではございませんか」

と、認めてくれた。

お筋も蜜三郎のことを見た目によらず真面目で、気遣いができると言っている。さらに長太までも蜜三郎に遊んでもらって、慕っているようだった。

しかし、その翌日であった。

それも、朝早い。

与四郎がまだ暖簾《のれん》も出しておらず、新たに入荷した商品を陳列しているところに、間口屋心平太が深刻な顔をして、『足柄屋』に乗り込んできた。

土間に入る時の足音が、すでに大きい。

動作に余裕がなく、切羽つまったように、与四郎に近づいてきた。

「どうされたのですか」

与四郎は慌ててきいた。

「蜜三郎をここで暮らさせると聞きまして」

心平太はいつもより数段低い声で言った。

「はい、『壇ノ浦』で奉公することが決まりましたから」

与四郎は相手を落ち着かせるように、ゆっくりとした口調で答えた。

だが、心平太は相変わらずであった。

「仕事が決まるまでで、よろしかったのに」

心平太が不満げに口にする。

「もしかして、ご迷惑でしたか」

「迷惑というわけではございませんが……」

心平太は口の中で、もごもごと何かを言った。それが、与四郎にはうまく聞き取れなかった。

「勝手なことをして、申し訳ございません」

与四郎は頭を下げた。

「いえ、こちらこそ。そういうつもりでは」

「しかし……」

只事《ただごと》ではない雰囲気である。

まだ心平太の真意がよくわからない。

「私はただ口を利いただけですから。蜜三郎さんが気に入られなければ、『壇ノ浦』の件もなかったわけで……」

与四郎は説明した。

その途中で、

「私が最初に言っていなかったのがいけないのですが、蜜三郎をそんなに信用しないでください」

と、言葉を挟んできた。

「どういうことですか」

与四郎はきく。

「あの男は口先ばかりです」

心平太の声が尖る。

「そんなことはありませんよ。小里の薬屋にも付き添ってくれましたし、太助や長太の話し相手にもなってくれています」

「いえ、まだ付き合いが浅いので、本性を知らないだけです」

心平太は決めつけていた。普段、与四郎には冷静な態度を見せているだけに、何事かと心配になる。

ともかく、何かがあったに違いない。

「本性といいますと？」

与四郎はきき返した。

「親切にしても、恩を仇《あだ》で返すような奴《やつ》ですし、深く関《かか》わっていいことはありません」

心平太は早口でまくし立てた。

「落ち着いてください。何かあったのですか」

与四郎は、もう一度きいた。

「いえ……」

そこまで言っておきながら、心平太は答えたがらない。

何かある。

蜜蔵のことは聞いているが、ただその倅というだけで毛嫌いしているにしては度が過ぎている。

「私でお力になれることがございましたら」

与四郎は、心平太と蜜三郎の間に揉《も》め事があったのではないかと考えた。

だが、心平太はいくら確かめても、教えてくれなかった。

「ともかく、あいつを信用しないでください」

釘を刺して、帰って行った。

暮れ六つごろになり、店の暖簾を仕舞った直後に、太助が帰って来た。太助はどの品がどれだけ売れたのか、帳面につけた。

それが終わるのを見計らって、与四郎は隣に腰を下ろした。

「今日は早かったな」

「車坂の方はありませんでした」

太助は言う。

「今日は稽古があるはずでは」

与四郎は確かめた。

「井上先生が、急遽《きゆうきよ》お城に呼ばれたそうで」

「そうか。残念だったな」

与四郎は太助の様子を見ながら声を掛けた。

「仕方ありません」

太助はどちらとも取れない表情をしていた。

「剣術の方は嫌になっていないか」

「はい。楽しいですよ」

「以前より、覇気がないように思えるが」

与四郎は少し探ってみようと思った。

ドン尻屋一家の金馬という博徒《ばくと》と関わっていることは、与四郎がきくつもりはない。

横瀬に任せてある。

「少し疲れているだけです」

「まあ、商売だけでも精一杯だものな。その上、剣術となれば尚《なお》大変だ」

与四郎は理解を示した。

「ええ」

太助は早く切り上げたそうで、短い返事をする。

「実は、蜜三郎さんの仕事が決まった。それで、ここから『壇ノ浦』へ通うことになったんだ」

与四郎はその話をした。

まだ、太助自身のことを話されるよりもいいのか、表情が心なしか穏やかになった。

頃合いを見計らって、

「お前は、蜜三郎さんと色々話をしているな」

と、切り出した。

「まあ、そこそこに」

太助は少し警戒するように、与四郎を見る。

「あの人は『間口屋』の旦那と何か揉めているのか」

与四郎は改まった声できいた。

「揉めているといいますか」

太助は知ったような素振りであった。

「知っていることがあれば、少し話して欲しい」

「なにかあったのですか」

「実は、蜜三郎さんのことで、あの旦那が文句を言いにきた」

「文句ですか」

「といっても、責められたわけじゃない。ただ蜜三郎さんと深く関わるのは止《よ》した方がいいようなことを言うんだ」

「でも、蜜さんはいい人ですよ」

「わかってる。だから、なんで旦那がそういうことを言うのか不思議で仕方ない」

与四郎は軽く首を傾げた。

「それは、父親のことがあるからだと……」

「私もそう思ったが、ふたりの間に何かがない限り、そこまで言ってくるとは思えない」

「あの旦那のことですから」

太助が意味ありげに言う。

「どういうことだ」

与四郎はさらにきいた。

「ほら、真面目じゃありませんか。そういう方って、どこか癇癪《かんしゃく》持ちだったり、物事を引きずったりする傾向が見られるので」

太助はそう答えてから、

「よくわかりませんけどね。私も、あの旦那とは関わることがありませんので」

と、はぐらかすように付け加える。

「蜜三郎さんは、旦那のことをどう思っているんだ」

「変に疑われて、悲しいというようなことを」

「疑われるというのは？」

「特にこれといった理由はないのですが、何かしでかしそうだと」

「ひとり娘のお稲さんに手を出すんじゃないかとは言っていたが」

「……」

太助は曖昧《あいまい》に肩をすくめた。

「蜜三郎さんと、お稲さんはそういう間柄ではないんだろうな」

与四郎は確かめた。

「違うと思います」

「ただ、疑われているだけか」

「一応、親戚にあたりますから」

「年頃の男と女だ」

「だからといって、蜜三郎さんがそんなことは……」

太助は気まずそうに、口をすぼめた。

何か引っかかる。

もしかしたら、本当にできているのかもしれない。それで、心平太は怒って乗り込んできたのか。

五郎次とは違い、心平太はやたらと世間体を気にする節がある。

甥が娘と好い仲になっていることを知られたくないために、理由を説明しなかったのだろうか。だから、訳もなく、ただ難癖をつけているようにしか見えなかったのか。

普段、物事を冷静に見極める人物だけに、今回に限って、そのような理にかなわないことをするはずはない。

段々と、その考えが合っているような気がしてきた。

「あの、旦那」

太助が呼びかけた。

「なんだい」

「もし、ふたりができていたとしたら、やはり問題ですか」

「うーむ」

与四郎は腕を組みながら、

「当人同士でしかわからないことだ。他人の私が口出しできることでもないし、万が一そうだったとしても、私が蜜三郎さんに冷たく当たることはないだろう」

与四郎は正直に答えた。

それを聞くと、太助は思慮深げに頷いていた。

三

夜の日本橋大伝馬町で、新太郎は目を光らせながら、手下の栄太郎を連れて歩いていた。

東西方向に長く、東西に横断する大伝馬本町《おおでんまほんちょう》通りと、南北に縦断する人形町《にんぎょうちょう》通りに町が形成されている。

一丁目は木綿店《もめんだな》と呼ばれるほど、木綿問屋が密集している。二丁目は各種問屋、薬屋、商店が軒を連ね賑《にぎ》わっていた。三丁目は通旅籠町《とおりはたごちょう》という名で知られ、木綿呉服店の大丸屋《だいまるや》がある。

大門通りに位置する酒問屋、『金倉《かねくら》』には夜というのに、ひっきりなしに人が出入りしている。

新太郎はその店の裏手にある木綿問屋に入った。

「二階を使わせてもらうぞ」

あらかじめ、話はついていた。

狙いは、『金倉』である。

この店は、ドン尻屋一家が切り盛りする酒問屋である。

一家がみかじめ料を取る料理屋や呑み屋では、『金倉』からしか酒を買えないように、強要していた。また、その酒は通常のものよりも幾分高いが、もし拒めばドン尻屋一家の若いものが店で暴れまわり、商売にならないので、店々も仕方なく『金倉』から買い付けている。

この仕組みは、又四郎が親分になる前、先代の金兵衛から始まっている。その時分には、店は呉服橋《ごふくばし》の近くにあった。

あがりだけでも、莫大《ばくだい》な額になる。

今日は十日に一度のあがりを納める日だ。

新太郎と、栄太郎が二階の窓から、『金倉』の裏口を見下ろしていた。

調べがついている通り、次から次へとドン尻屋一家の者たちがやってくる。新太郎が目利きをして、誰がやって来たのか記録を取らせた。

入った者は、金を納めたらすぐに帰るらしく、すぐに去っていく。

半刻《はんとき》（約一時間）もするうちに、二十五人が出入りした。

調べがついているところで、ドン尻屋一家は通町に八十の賭場を持ち、みかじめ料を取って庇護《ひご》している料理屋と呑み屋は合わせて三百にも及ぶ。それだけに、一家には五百人を超える子分がいる。

親分の又四郎直属の子分が二十七人おり、ひとりは『金倉』の店主の顔を持つ男である。残りのひとりを除く全員があがりを納めにやって来たことになる。

「残るは、金馬だけですね」

栄太郎は裏口を見下ろしている。

「奴は今回も来ないのだろう」

新太郎も目を凝らしながら言った。

「特別なんですかね」

「先代の倅だからな」

「又四郎っていうのは、案外にも義理堅いところがあるんですね」

「それが、その道の筋なんだろう。だが、腹ではどう思っているかわからん」

「いないに越したことはないでしょう」

今までドン尻屋一家を徹底的に調べたが、金馬の役割についてはわからなかった。

ドン尻屋一家には属しているものの、賭場を仕切るわけでもなければ、みかじめ料を取っている店々に顔が利くわけでもない。ただ、遊んでいるだけの男だ。たったひとりの弟分しかいないが、又四郎でさえも、金馬には強く口出しできないと、一家を抜けてきた下っ端の男が言っていた。

さらに、半刻待ったが、金馬が現れることはなかった。それに、又四郎も来ない。ここに来た目的は、又四郎が『金倉』にいるかどうかの確認である。

三年前から、又四郎は表に出てこなくなった。六十歳になる。

ドン尻屋一家が勢力をさらに拡大したのがちょうど三年前で、その頃に敵対する一家の者があいついで行方不明になったり、謎の死を迎えることとなった。行方不明者が二十人、不審死も八人に及ぶ。

ドン尻屋一家は一部の同心や岡《おか》っ引《ぴ》きに賄賂《わいろ》を贈り、捕まらないように細工している。そのおかげで、賭場を押さえられたとしても、争いで殺しがあったとしても、誰も捕まっていない。

新太郎や同心の今泉《いまいずみ》など、賄賂を受け取っていない者たちにとってみれば、いつもあと一歩のところで手が出ずに、悔しさだけが残る。

ただ、いくら捕まらないからといって、又四郎も安全ではなさそうだ。他の一家から命を狙われている。

自らを守るために、姿を現わさないのではないかというのが、新太郎が仕える同心今泉の見立てである。

「もしかしたら、又四郎がずっとこの酒問屋に住みついて、金の算段をしているんじゃないですかね」

一度、窓から顔を室内に戻した栄太郎が言った。

「それはねえ」

先月、新太郎と栄太郎、さらには他の岡っ引きたちも呼んで、あがりを納める日を狙って、『金倉』に乗り込んだ。

しかし、ここにいるとばかり思っていた又四郎の姿はなかった。

この時も、料理屋、呑み屋から金を巻き上げたことで一度は捕まえた。だが、これも牢屋《ろうや》には送られずにうやむやになって終わった。

「もう江戸にいないいんですかねえ」

栄太郎はもう一度、窓の外に顔を戻した。

「それはあり得るが、ドン尻屋一家には欲深い奴らがたくさんいる。又四郎がいない間に、一家を乗っ取られかねない」

「だから、もうすでに乗っ取られているとか」

「どうだか」

それはなさそうだ、と探索をした中で感じた。

その日は結局、ただ出入りする又四郎直属の子分たちを見かけただけで、何も収穫はなかった。

四つ半（午後十一時）くらいになり、ふたりは諦《あきら》めて木綿問屋を後にした。

帰り道、

「そういえば、親分が気になっていた『間口屋』の件ですが」

と、栄太郎が言い出した。

あれから、まだそれほど調べていない。

心平太が五郎次と言い合いになったのも、それほど激しい口論ではなかったそうだ。五郎次がぼやく程度で、心平太は娘に関しては自分が一番わかっていると言い放ったという。むしろ、心平太は五郎次よりも、妻のお雉との間に亀裂《きれつ》が入っている。

「ちょっと気になる質屋があったんです。もう少し調べが進んでから、お話ししようかと思いましたが」

栄太郎によれば、麻布《あざぶ》仙台坂《せんだいざか》にある『夢質《ゆめしち》』という質屋が、武士に流行《はや》っているという。ここは質屋とは名ばかりで、質がなくても金を借りることができるそうだ。

町人に貸す場合は金利が高いが、武士では金利が低いという。ただ、それにはからくりがあり、人を雇わずにすませるために、貸付をしている武士に、他の者の取り立てを行わせるそうだ。

二年前に出来た店だというが、いまや繁盛して、数か月前に日本橋横山町《よこやまちょう》にも支店を開いたそうだ。

ただし、横山町の方は思ったより繁盛していないらしい。

それというのも、

「五郎次さんの『間口屋』があったからです」

と、栄太郎は言った。

新太郎には、なんとなく栄太郎が言おうとしていることが読めた。

「つまり、『夢質』から見れば、『間口屋』のせいで、客が摑《つか》めないというのだな」

「ええ」

「だから、毒で殺したと」

「もし、危ない筋の者が店を切り盛りしているのだとしたら」

考えられない話ではない。

「なら、『夢質』を調べてみるぞ」

新太郎は意気込んだ。

翌朝、八丁堀の今泉の元へ行き、見廻《みまわ》りのお供の際に、『金倉』に又四郎が現れなかったことを話した。

今泉は難しい顔をしながら、

「次に打つ手はないか」

と、きいてくる。

「奴らが何かしでかせば、色々調べられるのですが、それでもまたもみ消されるでしょうね」

「違いない」

「しばらく、ドン尻屋一家は放っておいたほうがいいかもしれません。いずれ、どこかで失態を犯したときに、一気に片付けましょう」

「自信があるか」

「賄賂を貰《もら》っている者たちがいても、ちゃんとした証《あかし》をいくつも揃えることができれば、問題ありません。今までドン尻屋一家の者をお白洲《しらす》に引っ張ったときにも、証人が急に口をつぐむことがありましたからね。金で買われたか、脅されているのでしょう」

新太郎は、ドン尻屋一家のある者を、敵対する一家の者を殺した疑いがある件で捕まえたが、結局は無罪放免になったことに言及した。その時にも、あの証人さえ、取り調べのときに話してくれたことをそのままお白洲で語ってくれれば、牢屋敷に送ることはできたはずだ。

栄華が続かないように、悪事もいずれ立ち行かなくなる。

新太郎はそう考えていた。

だから、それまではじっとしていた方がいい。

「それより、『間口屋』のことで」

新太郎は、昨夜、栄太郎が教えてくれた『夢質』の件を告げた。今泉は興味を示し、

「なにかにおうな」と、調べるように命じた。

そこで、新太郎は深川熊井町《くまいちょう》の横瀬左馬之助の元へ行った。

暮れ六つごろであった。

横瀬とは、『足柄屋』の与四郎を通じて誼《よしみ》がある。

ちょうど、日比谷要蔵の道場で教えてきた後だったようで、長屋の裏庭で行水をしていた。

新太郎が近づくと、

「こんな恰好《かっこう》ですまぬな」

と、五十という歳《とし》は感じるが、無駄な肉がない引き締まった濡《ぬ》れた体を手拭《てぬぐい》でふき、着替えた。

縁側に腰をかけ、

「ちょっと、折り入ってお話が」

と、『夢質』の話をした。

そして、内情を探るために、客のふりをして探って欲しいと頼んだ。

「お前さんの頼みなら」

横瀬は笑って答える。

その翌夕には横瀬は借りに行ったそうで、帰りに鳥越の新太郎の家に寄った。

ちょうど、栄太郎もいた。

新太郎は何も言っていないにもかかわらず、

「あそこは、ドン尻屋一家がやっているのであろうな」

と、横瀬が言い出した。

急なことに、新太郎は驚いた。横目で見ると、栄太郎が前のめりになっている。

「どうして、そのことを」

新太郎はきく。

「親分は、金馬という男を存じておるか？」

「先代の倅の」

「そう。そいつがいた」

横瀬はきりっとした目つきで答える。

実際に対応してくれたのは、別のドン尻屋一家の者なのか、それとも新たに雇った者なのか、物腰の柔らかい男だったという。

だが、その奥で、金馬が帳場の百両箱からいくらか抜いて持っていくのを見たそうだ。

「奴が勝手に取っているわけではなくて？」

栄太郎が口を挟んだ。

「みかじめ料なら、そんなことはしないだろう。あいつが切り盛りしているかわからないが、ドン尻屋一家が関わっていることは確かだ」

横瀬は決め込んでいた。

さらに、この件に関して次は何をすればいいと、やけに乗り気であった。

「まだ決めておりませんが」

新太郎は考えながら、

「それにしても、どうして金馬のことをご存知なのですか」

と、きいた。

もしや、ドン尻屋一家の賭場にでも出入りしているのかとも心の中で思った。栄太郎は新太郎が思っていることを言葉にして、横瀬に訊《たず》ねた。

新太郎は止せとばかりに目で合図を送ったが、

「いや、隠すことではないからいい。ドン尻屋一家の賭場には、まだ金兵衛が親分だった頃に世話になった。散々な目に遭《あ》ったがな」

と、横瀬は笑って答える。

さらに続きがあった。

「これは内密にして欲しいのだが」

横瀬は声を潜める。

「はい」

新太郎は頷いた。

「お前さんらも知っている太助のことで、たまたま金馬のことを知ったのだ」

「太助が？　どうして、金馬と？」

「まだ詳しいところはわからない。太助が近頃、商売にも剣術にも身が入っていない。それで、与四郎も心配しているし、俺が調べてみることにした。そしたら、太助の柄に似合わない風体の悪い男が関わっていて、それが金馬だったたっていうわけだ」

横瀬は重たい声で語った。

「で、金馬とは何を？」

「そこまでは、まだわかっておらぬ。なにせ、俺も日比谷先生の道場の合間に探っているものでな」

「そうですか」

「ただ、回向院《えこういん》の横手、小泉町《こいずみちょう》の通りに面した二階屋に金馬とその弟分と一緒に入っていくのも見た」

横瀬は、八百屋の左隣だと教えてくれた。

その後、さっそく、新太郎は栄太郎を連れて小泉町へやって来た。小泉町には家数が十八軒しかない。元々、幕府の公用のために使われた御用屋敷があったが、享保《きょうほう》四年（一七一九年）から町奉行支配となっている。

すぐに、その二階屋がわかった。

家の外から覗いてみると、中はがらんとしている。いまは誰もいない様子であった。

新太郎と、栄太郎は手分けをして、この家をきき込むことにした。

すると、すぐ隣の家の主人が、

「元々は蕎麦屋《そばや》だったのですが、半年ほど前に潰《つぶ》れまして、それを三月ほど前に若い男が借りたんです。何をしている方かわかりませんが、あまり風体のよろしくない方でしてね。何か揉め事を起こすわけではありませんが、早く越してもらいたいですよ」

と、あまり好く思っていなそうだった。

他のものたちにもきくが、近所づきあいは誰ともないようで、またここには住んでいないようだ。三日に一度ほど、似たような感じの男を連れてくることがあるという。

栄太郎がきいたところも、どこも同じであった。

「ついでに、中を調べておこうか」

新太郎はふと思った。

「でも」

「もしかしたら、『夢質』のことで何かわかるかもしれない」

「何かあるという確証もないのに踏み込むのは、いくら岡っ引きといえども許されないのでは……」

栄太郎は乗り気ではなかった。

「まあ、まだ調べることはある。他になかったら、ここに乗り込むぞ」

新太郎は決めた。栄太郎も、それには反対してこなかった。

それから数日間。

ふたりは『夢質』を徹底的に調べた。出入りしている客にきき込みをして、実態を摑もうとした。

その中で、やはりドン尻屋一家の店だとわかった。仕切っているのは、正一郎《しょういちろう》という上から数えて五番目に位置する男だとわかった。

仙台坂の店は、元々あった質屋を、金馬が二年前に買い取った。そこの主人が病で亡くなり、倅が引き継いだが、商売が立ち行かなくなり、買い手を探していたという。

そこに、ドン尻屋一家が名乗りを上げたそうだ。

なので、働いている者たちは元々、その質屋にいた者もいれば、横山町の支店ができて新たに募集した者もいるという。

やはり、横山町の売上が思わしくないのは、近くに『間口屋』があるからで、武士たちはわざわざ借金取りをしなくてはならない手間を選ばないという。

それもあって、横山町の支店では奉公人をひとり解雇することにした。

新太郎はその男に話をきくことができた。

「正一郎さんは人使いがとにかく荒くて、向こうから辞めさせてくれて、本当によかったと思っています。それに、『間口屋』の亡くなられた旦那のことをすごく悪く言っていて、聞いていられないほどでした」

その悪口には、五郎次を殺したいということもあったという。

「まさか、本気であの人がやったとは思いませんが」

男は苦笑いしながら答えたが、本心はわからないと思った。

「あとは……」

新太郎は仕事のことをきくと、

「始終暇でしたね。だからかわかりませんが、正一郎さんはどういうわけか、『夢質』の奉公人に『間口屋』を調べさせに行くこともありました。それも、商いの仕組みを調べさせるのではなく、住居はどうなっているのか、どこに旦那の部屋があり、奉公人の部屋はどこなのかなどといったことを調べさせようとしていました」

と、不思議そうに答えた。

どうして、そんなことまで調べさせたのか。

ふと、五郎次が死んだことが脳裏を過《よぎ》った。

四

朝の七つ（午前四時）ごろに、蔵前で火事があった。新太郎はちょうど目覚めたばかりで、顔を洗って雨戸を開けると、その光景が飛び込んできた。

煙が高く立ち昇っている。

まだそれほど被害は拡大していない様子だが、蔵前ということで気になった。

新太郎は下駄をつっかけて、蔵前に急行した。

鳥越の家から、蔵前まではちょうど四町（約四三六メートル）ほど。

その途中で、半鐘が鳴り出した。

煙を頼りに駆けつけてみると、『間口屋』の付近に多くの野次馬が集まっていた。

その群れをかきわけ、新太郎は前に出る。

火消の連中が、大きな掛け声をかけて、消火に当たっている。

火元は『間口屋』の裏手であった。おそらく、台所あたり。まだ、正面の方まで火が回ってきていない。

「きっと、新しい旦那になって不満な奴らがいるんだ」

誰かがいかにも知ったように言っていた。

新太郎は無視して、すぐそばにいた町役人に声をかけた。

「店の者は？」

「お雉さんと、お稲さんらは隣家に逃げています。心平太さんらをはじめ、男衆は火消を手伝っています」

「なに」

「煙はこれだけあがっていますが、出火したと思われるすぐあとに気が付いたそうで」

「だが、火事が急に大きくなることもある」

「でも、見てください」

町役人が指した。

新太郎も肩越しに見ていた。

台所をつぶしただけで、もう炎は見えない。細い煙が最後とばかりに天に立ち昇っていくだけであった。

それからすぐに、心平太が店の奉公人らとやって来た。

心なしか、安堵《あんど》した様子である。

新太郎は近寄って、声をかけた。

「旦那」

心平太は申し訳なさそうに頭を下げた。

「なにがあった」

「台所で出火で」

「見ればわかるが、どうして起こったんだ」

新太郎はもう一度きいた。

「まだ飯の支度をする前でしたので、どうしてなのか……」

「誰かに火を付けられたというのは？」

「いえ」

心平太は曖昧に首を動かした。

「近頃、変わったことはなかったか。怪しい者がうろついていたり、知らない者が勝手に敷地に入ってくるとか」

新太郎の問いに、心平太が一瞬、ぎくりとした顔をする。

「なにかあるのか」

「いえ、猫が」

「猫？」

「なんでもありません。ただ、猫がやたらと多いことが気になって」

心平太が濁すように言った。

「猫が火をつけるわけねえだろう」

新太郎はそう言いながらも、猫が多いということは何かがあって集まってきているのかもしれないとも考えた。

餌《えさ》となるものを漁《あさ》りにきている。

もしや、死体が埋まっているということはなかろうか。

ある殺しで、庭に埋まっていた死体を猫が掘り起こして、発見されたことを思い出した。

「あとで調べさせてもらってもいいか」

新太郎はきいた。

「はい」

心平太の目が、どこか心細そうであった。

そうこうしているうちに、手下がやって来た。元岡っ引きの千恵蔵もいた。

「親分、どうして」

「心配になったんだ。ちょうど、蔵前だったから」

千恵蔵は、「それで、どうなんだ」という目配せをする。

疑わしそうな時には、鼻を擦《こす》る。そうでなければ、耳たぶを触る。まだ千恵蔵が現役のときに、ふたりの間で決めていたことだ。

新太郎は鼻を擦った。

「隣家にお雉さんとお稲さんがいるらしいな。引き留めてすまなかったな」

新太郎は、心平太を行かせた。

手下たちに、庭を掘るように指示した。

「庭ですか……」

不思議そうに聞いている手下もいたが、すぐに取り掛かった。

新太郎と千恵蔵は少し離れたところで、

「心平太の様子がどうもおかしいので」

と、まずは告げた。

「おかしいってえのは？」

「近頃、怪しい者がいなかったかきいたときに、何か思い当たる節があるような反応だったんです。でも、猫がやたらと来るなどと言って」

「それで、掘らせたんだな」

千恵蔵にも、新太郎の考えが伝わったらしい。

「お前さんはこれからどうするつもりだ」

「きき込みします」

「なら、俺も手伝わせてくれねえか」

「親分も？」

「『間口屋』のことで、放っておけねえんだ」

「手伝っていただけるのでしたら有難いですが、近頃お忙しいんじゃありませんか」

「どうせ、寺子屋で教えているだけだ」

「深川にも、ここのところ行かれていないって」

ふたりの間で、深川といえば、『足柄屋』のことである。前までは頻繁に顔を合わせていたが、近頃来ていないと、与四郎から聞かされていた。

「まあな」

千恵蔵はもったいぶった口ぶりをする。

「何があったんです？」

「与四郎に嫌がられるからな」

千恵蔵は小さく呟《つぶや》く。

「嫌がっているわけではないでしょう」

「煙たがっている」

「親分も、いい加減正直に言えばどうですか」

小里の父は、千恵蔵だ。だが、ずっと別々に暮らしているし、小里はそのことを知らない。千恵蔵は、当時は岡っ引きの仕事に専念していて、妻子どころではなかった。子育てもしたことがない。

「今さら、親だなんて名乗れねえ」

千恵蔵は吐き捨てるように言った。

「でも、はっきり伝えないと与四郎にだって誤解されたままですよ。小里に気があるとは思っていないでしょうが、なんで必要以上に気に掛けるんだって、もやもやするじゃありませんか」

新太郎は、前のめりに言う。

「俺のことはどうでもいい。それより」

千恵蔵が、探索を始めるぞとばかりに、新太郎の肩を叩《たた》いた。

二手に分かれる。

新太郎は近所で、怪しい人物を見なかったかをきく。千恵蔵は『間口屋』で金を借りている武士たちに話をきく。

朝早いということもあり、怪しい人物を見たという者はいなかった。

しかし、近頃『間口屋』のことで気になることがあったという者は何人かいた。

柳橋《やなぎばし》の舟宿の主人は、

「三日前でしたかね。夜に駒形で呑んでいて、その帰りに『間口屋』さんの裏手を通りがかったんです。そしたら、塀を乗り越えて去っていく背の高い男の姿が現れまして」

と、喋《しゃべ》った。

その男は頭巾《ずきん》で顔を隠していたのでよくわからなかった。もしかしたら盗人《ぬすっと》かもしれないと思い、自身番に届けたという。

舟宿の主人は翌日、『間口屋』へ行き、昨夜見たことを心平太に話したそうだ。

だが、心平太はそんなことはなかったという。盗まれたものもないし、もし誰かが侵入してきていたら、気が付く奉公人がいるはずだ。なので、主人の見間違いだろうと、聞く耳を持たなかったそうだ。

「目の前で男が塀から飛び降りたんだろう」

新太郎は確かめた。

「ええ、間違えるはずはないんです。まさか、亡くなった五郎次さんの霊が化けて出てきたなんてことはないでしょうから」

主人は低く笑った。

次に、新太郎は主人がその情報を届けたという自身番へ行った。

家主によれば、その夜、すぐに町役人に言い、見廻りに出たという。だが、すでに逃げられたようで、怪しい人影は見つからなかった。

「ただ、少し気になることがございまして」

家主は盗人に関与しているかわからないがと前置きをした上で、

「その夜、『間口屋』から大きな怒声が聞こえてきました。おそらく、心平太さんの声でしょう」

と、いう。

家主の他にも、鳥越橋《とりごえばし》の袂《たもと》にある居酒屋の女将《おかみ》が、

「たしかに、あの夜、心平太さんが怒る声を聞きました」

と、証言した。

「夫婦喧嘩か」

「いえ、あそこは……」

女将は苦笑いする。

「仲いいのか」

「いえ、内儀のお雉さんが、半ば諦めているようです」

「諦めているっていうと？」

「夫婦仲が悪いかどうかというより、とにかく心平太さんが真面目過ぎて、融通の利かない人ですからね。数年前までは、お雉さんも何か言われたら反論して、口喧嘩になっていましたが、もう何を言っても変わらないからって。それを心平太さんも知っているので、もうふたりが言い合うことはなくなりましたよ」

「じゃあ、誰に怒っていたんだ」

「もしかしたら、娘のお稲さんかもしれません」

「なにかあるのか」

「躾《しつけ》には厳しいですからね。何があるかわかりませんが、年頃の娘とうまくやっていくのは難しいでしょうね」

女将は眉《まゆ》をひそめた。

それから、自分も若い頃、父親と似たようなことがあり、喧嘩が絶えなかったという話を聞かされた。

お稲を叱っていたと考えている者は、他にもいた。

飛脚の男であった。

「事情はわかりませんが、芝《しば》愛宕下西久保《にしくぼ》の旗本、三村兵庫さまからお稲さんに宛《あ》てて何度も文《ふみ》を届けています」

「文の内容は？」

「あっしは届けるだけですからね。何も知りません」

「お稲も、文を？」

「一度だけですね。その時以外は何も」

「それも、何が書かれているかは」

「見ていませんよ。信用に関わりますからね」

飛脚は首を横に振る。

「三村さまというのは、どのようなお方なのだ」

新太郎がそうきくと、飛脚は意図を察したらしい。

「二十五、六の旗本です。剣術は相当お強いようで、士学館《しがくかん》でも一、二を争う実力だそうです。その姿に惚れたのかもしれませんね」

士学館は南八丁堀《みなみはっちょうぼり》 大富町《おおとみちょう》 蜊河岸《あさりがし》に道場を構えている。三代目桃井春蔵《もものいしゅんぞう》が文政十三年（一八三〇年）に弟子の取り合いをきっかけとして、千葉周作《ちばしゅうさく》の北辰一刀流《ほくしんいっとうりゅう》の玄武《げんぶ》館《かん》道場と試合をして負けた。そのことで門人が減っている。

たしか、桃井春蔵も『間口屋』の客だったと覚えている。

「三村さまが文を送るようになったのは、ここ三月くらいの話です」

飛脚は答えた。

すでに暮れ六つを過ぎていた。

鳥越の家に帰った。

手下の栄太郎が、新太郎の部屋で待っていた。

「いま千恵蔵親分が厠《かわや》に」

栄太郎が言う。

ほんの少し前に、千恵蔵は来たようだ。何やら発見があったようで、随分と意気込んでいたと教えてくれた。

「で、お前さんは？」

「庭には、何もありませんでした」

「そうか」

「死体があるんじゃないかって、お考えでしたか」

「いや、念のためだ。猫が多く来るっていうんでな」

「一応、庭以外も調べました。でも、特に怪しいものはなにもなかったですよ」

「なら構わねえ」

新太郎が答えると、襖が開く。

「おう」

千恵蔵が入って来た。車座に座ろうとすると、栄太郎が立ち上がった。

「どうした」

千恵蔵はきいた。

「いえ、あっしはもう調べたことを伝えましたし、お邪魔になるかと思いまして」

栄太郎は去ろうとする。

「ご苦労だった」

新太郎は言葉をかけたが、

「まあ、残ればいいじゃねえか」

と、千恵蔵が引き留めた。

栄太郎は迷って、新太郎に目を遣《や》る。

「うむ」

新太郎は座るように、目配せした。

「こいつも、手下になって五年くらい経《た》つだろう」

千恵蔵が思い出すように言う。

「そんなもんです」

栄太郎は頷く。

「だったら、もう少しいい役を与えてもいいだろう。お前が手下になって五年目くらいの時には、見どころがあるから探索の要にした」

「そうですがね。こいつは、酒屋の倅です。あまり、無理させると、こいつのお父《とっ》つあんに文句を言われるんです」

新太郎は栄太郎を見ながら答えた。栄太郎は肩をすくめる。

「さっき話したが、こいつは次男だし、酒屋を継ぐ訳じゃねえ。岡っ引きになりてえって真面目に考えているそうだ」

手下といえども、若い頃に手伝い程度にやる者は多い。それで箔《はく》がつくと考えていたり、周りからちやほやされたいという者もいる。

栄太郎も、そんなひとりだと思っていた。

「本気か」

新太郎は、栄太郎を改めて見た。

「ええ」

栄太郎は、緊張した面持ちで答える。

「だったら、なぜ言わねえ」

「なかなか言い出せなかったんです」

「お父つあんは知っているのか」

「知りません」

「いつ言うつもりだ」

「何も考えていませんでした」

「バカ野郎。後先考えずに行動しちゃ、この仕事は務まらねえ」

新太郎は軽く叱るように言った。

「まあ、いいじゃねえか。こいつも、これから色々覚えていく」

千恵蔵は間を取り持ち、

「さて」

と、本題に切り出した。

「『間口屋』や心平太に恨みを持っていそうな者を探した。だが、さすが五郎次さんがしっかりとやって来た店だ。貸金の金利も低いので、文句をいう人はいねえ。だが、心平太については、揉め事がいくつかあるな」

千恵蔵は、深い声で言った。

人差し指を立て、

「まずはお前さんもわかっての通り、蜜蔵だ。蜜蔵は『間口屋』と関係なく、五郎次さんに三百両を借りていた。三百両は金利もつけずに貸している。五郎次さんが亡くなってから、心平太は早く返してほしいと要求したが、蜜蔵は五郎次とのやり取りだから、心平太に返す筋合いはないと喧嘩になったそうだ」

と、言った。

続けて、中指も上げる。

「二人目は、その倅の蜜三郎だ。これは単純で、蜜三郎が娘のお稲に手を出さないか心配している。それで、親しくしているので、遠ざけて、与四郎の元へ追いやったという具合だ」

それから、薬指も上げた。

「三人目は、御家人の三村兵庫さまだ」

千恵蔵がそう口にした瞬間、

「親分もそれを？」

と、思わず言った。

「ってえことは、お前さんも？」

「飛脚から聞きました。三村さまはお稲に文を何度も送っているようで」

「心平太が三村さまに、もう『間口屋』の敷居を跨《また》がないでくれと、一方的に言い放ったそうだ」

「で、親分は三村さまのことを黒だと？」

「ああ、嘘《うそ》つきの目をしていた。だが」

千恵蔵は言葉を止めた。

少し考えてから、

「三村さまがお稲に惚《ほ》れていたっていうのが、どうもな」

と、首を傾げた。

「どういうことですか」

「いや、なんとなく、三村さまのような方がお稲を好きになる気がしねえんだ。お稲はきびきびとしていて、どちらかというと武士よりも、商家の内儀や、料理屋の女将なんかが似合う」

「まあ、その三村さまというのに、会ったことがないので何もいえないですが」

新太郎はそれから、金馬のことが脳裏に過った。

「親分、まだ伝えていなかったことがあるのですが」

『夢質』と金馬の件を話した。

千恵蔵はそっちの方が、考えられそうだと言う。

「そういえば」

栄太郎が、急に声をあげた。

「太助が言っていたのですが、愛宕下の西久保に、小間物を求めている旗本がいらっしゃると。その名がたしか、三村兵庫さまだったのでは」

今までずっと、その名前をどこかで聞いたことがあると思っていたが、ようやく思い出したと、すっきりしたように言う。

「間違いないか」

新太郎は確かめた。

「いえ、与四郎か太助に聞いてみないと」

栄太郎は、曖昧に肩をすくめた。

「なら、俺が」

千恵蔵が名乗り出た。

五

蟬《せみ》の鳴き声が、これで最後かとばかりに苦しそうに悶《もだ》えている。夜になっても鳴り止む気配はなかった。

与四郎が湯屋《ゆや》から帰ってくると、奥から野太い男の声がした。

そこへ行くと、千恵蔵がいた。小里は背筋を伸ばして、深刻そうな顔をしている。

「親分、ご無沙汰《ぶさた》しております」

与四郎が小里の隣に腰を下ろす。

近頃、あまり千恵蔵が来ていなかったからか、千恵蔵の顔を見ても嫌な気分はしない。以前はどうしてそこまで構うのだと思っているのが顔に出ていたようであったが、岡っ引きとしては立派なひとだし、千恵蔵を悪い人間とも思っていない。

「夜分、すまねえ。太助を待っていたんだ」

千恵蔵の声は重かった。

「今朝の火事のことだそうで」

小里が告げた。

「『間口屋』のですか」

「そうだ」

「それについて何か？」

「太助がやったとか、どうってことじゃねえ。ただ、新太郎の手下で栄太郎ってのがいるだろう。心平太と、娘のお稲のことで調べているときに、三村兵庫さまがお稲に文を送っているのがわかった。太助は三村さまとは親しいというので、話をききに来たんだ」

親しいという言葉に、何やら色々な意味があるように思えた。

だが、太助が来るまでは、千恵蔵はそのことを詳しく話そうとはしなかった。与四郎が帰ってくるまでは、小里の体調のことを気にしていたらしい。小里は先日蜜三郎に付き添ってもらい、貰ってきた薬のおかげか、眩暈《めまい》が治まっている。時折、立ち眩《くら》みがあるが、一呼吸すると、平気になる。

それとは別に、蜜三郎のことも話していたそうだ。

千恵蔵は蜜三郎が何か問題を起こしていないかきいた。どんな些細《ささい》なことでも教えてくれと言われたので、

「仕事が見つかる前まで、帰ってくるのは知り合いと会っているとかで九つ近くになることが多かったです。あとは、『壇ノ浦』の主人と初めて会う前夜は、帰りに転んだようで、顔に擦り傷をつくってきましたよ」

と、小里は答えたという。

「そんな時に、お前が帰って来た」

千恵蔵は言い、

「何か他にあるか」

と、尋ねてきた。

与四郎は考えたが、思い浮かばない。

「それより、心平太さんが蜜三郎さんをどうしてあんなに毛嫌いしているのかがわかりませんで」

「父親のこともあるだろうし、娘のお稲に手を出すと思っているのかもしれねえ」

「さっきの親分の話ですと、お稲さんには三村さまという想《おも》っておられるお方が？」

「いや、三村さまが一方的に想っているだけなのかもしれねえ。そもそも、恋文かどうかもわからねえ」

千恵蔵は首を傾げた。

「あの」

小里が心細い声を出し、

「もし調べる必要がありましても、お稲さんに配慮してあげてください。十五という年頃ですし、決してやましいことではなくても、父母に聞かれたくないこともあるでしょう」

と、女心を語った。

「わかった」

千恵蔵が小里の目を見て、素直に頷く。

「そういえば」

与四郎は突然思い出して、腰を上げた。

店の間に行き、荷売りの帳面を見る。ここには、誰が何を買ったのか書いてある。

この三月の太助が荷売りに出た箇所に目を通すと、三村兵庫の名前があった。

毎月、一度は買っている。

三月前は櫛、ふた月前は筥迫《はこせこ》、ひと月前は匂《にお》い袋だ。

与四郎はその帳面を持って、居間に戻った。

「見てください」

与四郎は、千恵蔵に帳面を見せた。小里も覗き込む。

千恵蔵は首を傾げながら、

「自身で使うものじゃねえな」

と、唸《うな》った。

「お稲さんに渡したのではありませんか」

小里が当然のように言う。

「お稲に？　だが……」

新太郎が調べたときには、お稲はそんなことを言っていなかったようだ。

それから千恵蔵は、帳面の他の箇所も見ていいか許可を求めてきた。与四郎は帳面を千恵蔵に渡した。

その間、与四郎と小里は目を見合わせたが、一言も喋らなかった。千恵蔵は目を凝らしながら、じっくりと見る。

やがて、千恵蔵が顔を上げた。

「お前が三村さまのところに回ることは？」

「ありません」

与四郎は答える。

「うちにくることもございません」

小里が加えた。

「そうか。なら、やはり太助の客だな」

太助はまだ帰ってこない。

五つを越えていた。

車坂の井上伝兵衛の道場から帰ってきてもいい頃だ。

「あの子、遅いですね」

小里が気にするように言い、

「そういえば、親分はまだ井上さまとはお親しいのですか」

と、改まった口調できいた。

千恵蔵は若い頃には剣術をやっていて、井上の師匠である赤石郡司兵衛《あかいしぐんじべえ》の道場に出入りしていた。その赤石の道場は車坂にあり、井上が跡を引き継いでいる。いわば、千恵蔵と井上は同門の兄弟弟子である。

「あっちの方には滅多にいかないが、半年に一度くらいは何かの縁で会うか」

それがどうしたとばかりに、千恵蔵は小里に答える。

「井上さまに、何かききたいことでもあるのか」

千恵蔵が感づいたようにいう。

「小里」

与四郎は呼びかけた。

横瀬が調べているから、千恵蔵に聞くことはない。そう目で訴えた。

「なんでも、話をきいてやるぞ」

千恵蔵は、ここぞとばかりに、小里に体を向けた。

「親分、本当に内々の問題ですので」

与四郎は断りを入れた。

「そうか」

千恵蔵は遠慮がちに言う。

だが、小里は違った。

「横瀬さまはきっとお忙しくて、まだ出来ていないのでしょう。横瀬さまにお任せしてもよろしいですけど、早い方があの子の為にもいいんじゃないかって」

小里はそれから、太助がドン尻屋一家の金馬と関わっていることを告げた。

「金馬に、三村さまに、そして太助か」

千恵蔵は思い当たる節があるように、鋭い目つきになった。

五つ半（午後九時）になった頃、勝手口から足音がした。

与四郎は腰を上げ、部屋を出る。廊下を少し歩いたところで、太助を見かけた。太助は二階に上がろうと、階段に足をかけている。

「千恵蔵親分がおいでだ」

与四郎は小さく告げた。

「え？」

太助の目が、ぎょっとする。

「すぐ居間に来なさい」

与四郎は告げた。

太助は荷物を二階に置いてから、すぐに戻って来た。

「ご無沙汰しております」

太助は丁寧にお辞儀をして、居間に入ってきた。

硬い表情で、声が強張《こわば》っていた。

「水くせえな。そんなに構えないでもいい」

千恵蔵はにっこりと笑みを浮かべ、柔らかい口調で言った。

重々しい空気が、居間を包んでいる。

外の蟬の鳴き声が、やたらと響くが気にならないほどに、与四郎は心配であった。

(太助が火事に関わっていなければいいが)

小里を見ると、与四郎と同じように心配そうに見ている。

その場にいない方がいいと判断したのか、

「私は外します」

と、座を立って行った。

「お前さん」

小里は先の言葉を告げなかったが、ふたりきりにしてあげてくださいと告げているようであった。

「親分、私も外しますので」

与四郎は告げて、小里と共に少し離れたところにある仏間に移った。

寝間に行くのもおかしいし、かといって、居間の隣の部屋だと聞き耳を立てているようである。

仏間なら、居間での声は届かない。

「大丈夫でしょうかね」

小里がため息を吐《つ》く。

「あいつの顔を見たとき、何か隠し事があると感じた」

「ええ」

「それも、やましいことがありそうな」

与四郎は、畳の一点を見つめ、ぼそりと言った。

「ただ、あの子が火をつけるなんてことはないでしょうから」

小里が心許《こころもと》なさそうに言う。

「……」

与四郎は、太助が何を隠しているのだろうと耳を留守にしていた。

「ねえ、お前さんはそう思わないのですか。まさか、あの子がやったとでも」

小里がすがるようにきいてくる。

「すまん、他のことを考えていた」

与四郎は謝ってから、

「あいつはそんな悪事は働かない。それだけは断言できる」

と、言い切った。

しばらく、沈黙が続いた。

所々聞こえてくる千恵蔵の声が、険しくなるときがあった。

四半刻《しはんとき》（約三十分）ほどして、太助が仏間にやってきた。

「親分は帰りました」

太助が疲れたように言う。

「そうか。ゆっくり休みなさい」

与四郎は、ここであれこれきくのは太助の気持ちに負担をかけるだけだと思った。やましいことがあれば答えないだろうし、何もなかったとしても、きかれるのは嫌だろう。

「今日は早く寝ます」

太助が出て行こうとすると、

「大丈夫なのかえ」

小里が確かめた。

「ええ」

太助の声は小さかった。

翌朝、与四郎は荷売りに出た。昨日のことが気になり、まずは今戸神社の裏手、千恵蔵の家へ向かった。

すでに、寺子屋の看板は掲げられている。

寺子屋は五つ（午前八時）から始まるはずなのに、まだ六つ半過ぎである。中を覗いてみると、子どもたちはまばらで、算盤《そろばん》を弾《はじ》いている子もいれば、本に目を通している子もいた。千恵蔵は皆の前で、何やら思いに耽《ふけ》っていた。

与四郎は恐る恐る入り、

「親分」

と、声をかける。

「よろしいですか」

「ああ」

千恵蔵はこちらに寄ってきた。子どもたちに向かって、「ちょっと外すが、いい子に待っていなさいよ」と、言い残した。

ふたりは裏庭に面した部屋に向かう。

朝顔の鉢がいくつも並んでいる。

「この前、『花々屋』で買った」

千恵蔵が言った。

「心平太さんの？」

「ああ。きき込みに行ったときに目に入ってな。つい……」

苦笑いしてから、

「太助のことだ」

と、千恵蔵は切り出した。

「火事のことは知らないといっている。あと、お稲さんと心平太の間に何か問題があることも知らないというし、三村兵庫さまとお稲さんとの間柄も知らないと言った」

だが、隠していることはあるだろうと告げた上で、

「まず、三村兵庫さまの件だが、元々剣術の方で知り合ったそうだ。士学館と車坂で親善試合をしたそうだ。その時に三村さまが太助に見込みがあると話しかけてくれたのがきっかけだという。それから、太助が小間物屋だというので、女に贈る品を頼んだそうだ」

と、語った。

ひと呼吸置いて、さらに続けた。

「三村さまは生真面目な方で、太助が誰にあげるのか聞いても答えてくれなかったと

いう。太助も、どういう相手にあげるのかわからなければ、見繕うことができないからと、教えてくれるように頼んだ。すると、品川の女だと告げられたそうだ。それと向こうが伝えてくる予算で、品を選んだという」

「品川の女？」

「それが本当かわからないが」

「嘘をついているのかもしれませんね」

「いや」

千恵蔵は首を傾げた。

「まあ、いま新太郎が調べているところだ」

千恵蔵は厄介そうに口をすぼめた。

「火事の三日前に『間口屋』に侵入した者っていうのは」

「目撃した柳橋の舟宿の主人は、かなり背の高い男だったたっていうんだ。三村さまは五尺三寸（一六一センチメートル）くらいだ。そこの辻褄《つじつま》が合わない。それより、背の高い男だとしたら……」

「まさか、蜜三郎さんだと？」

「心平太の不安が当たっているのだとしたら考えられなくはねえ。まだ『壇ノ浦』で働く前だったから、行こうと思えば行けたはずだ」

「その日も遅く帰ってきましたが」

「顔に擦り傷を負っていたとも言ったな」

「ええ……」

与四郎は頷いた。

「だからといって、蜜三郎が火をつけたわけでもないだろう。火事と、その三日前の男とは何ら関係がないのかもしれない」

千恵蔵が苦い顔をした。

ふと、太助の昨日のぎくりとした顔が浮かんだ。

太助が何も知らないのだとしたら、あそこまで不安がらなくてもいいのではないか。それとも、別のことで調べられると思ったのか。

（金馬……）

横瀬が言っていた名前を思い出した。

「関係ないかもしれませんが、金馬というのは……」

与四郎は口にした。

「面倒な男だ」

千恵蔵は被《かぶ》せるようにいう。

「面倒？」

「岡っ引きからしたら、という意味だ。まあ、堅気には迷惑をかける奴ではない」

千恵蔵は渋い顔をして、

「お前さんは、ドン尻屋金兵衛を知っているか」

と、尋ねた。

「たしか、神田界隈《かいわい》の博徒でしたっけ」

「一時期は芝口から神田まで一帯を縄張りにしていた」

ドン尻屋一家は、江戸でも屈指の大きな勢力を持つ博徒の一家で、不法に儲けているのには変わりない。みかじめ料を払わない相手には、容赦なく襲撃して、命までは奪わないものの、一生口が利けない体にする。さらに、又四郎は、岡っ引きや同心に賄賂を贈り、捕えられないようにしている。

「その金馬が歳をとってから後妻との間にできた子どもだ」

「金馬がドン尻屋一家の跡を継いだわけではないのですか」

「ああ。新太郎が言うには、本人にその気がなかったし、それにドン尻屋一家には乱暴で、欲深い輩《やから》が多い。南蛮又四郎しかまとめることができないからだと」

千恵蔵は続けようとして、言葉を止めた。

「南蛮又四郎っていうのは、そのドン尻屋一家の跡目を継いで二代目に就任した奴だ」

千恵蔵は言う。

桃山時代に流行った南蛮唐草《なんばんからくさ》と呼ばれる髹漆品《きゅうしつ》を好んでいることから、そう呼ばれている。元は東北の貧しい生まれで、八つの時に江戸に出てきて、寄席で下足番として働いていた。その時に噺家《はなしか》に誘われて初めて賭場に足を踏み入れた。それが、ドン尻屋一家との出会いだったという。博打にはもっぱら強く、また機転も利く。そこを、親分だった金兵衛が目をつけて、一家に引っ張ったという。

「では、ここまで一家を大きくしたのが、又四郎ってことですね」

「そうだ」

千恵蔵は頷いてから、

「ただ奴は三年前からは一切、表には出てこない。ちょうど勢力を拡大して、他の一家からも恨みをかなり買っていたから隠れているのだろう。若い頃は大人しかったが、金兵衛が死んでから、急に狂暴になったんだ」

と、語った。

千恵蔵は話が逸《そ》れたといい、金馬のことに戻した。

「それで、金馬っていうのは、ドン尻屋一家の中でも大した役割を負っていない。一家の頭が又四郎で、その下に二十七人いる。さらに、その者たちの下にも子分は大勢いるが、金馬は一応又四郎の直属の子分だ」

「その二十七人の中のひとりということですね」

「そうだ。金馬以外の二十六人は、賭場をいくつも仕切っていたり、酒屋を営んでいたりと、それぞれ表向きの顔もある。だが、金馬にはそのようなことは見られない。もしかしたら、何かしているのかもしれねえが、あまり規模は大きくないだろう」

千恵蔵が言った。

さらに続けて、

「金兵衛の子どもだから、無下にできないんだろうな。あいつらは、やたら義理を重んじているからな」

ともいう。

「でも、やくざ者には変わりありません。太助がそんな奴と関わっているのも、心配でたまりません」

与四郎は正直な気持ちを話した。

「あの太助のことだ。馬鹿な真似《まね》はしねえと思うが」

「どうすればいいでしょうか」

「俺が少し探ってみる。新太郎は今、ドン尻屋一家を壊滅させようって動いているみたいだ。太助に被害が及ばないようにしないとな」

「ええ」

与四郎は不安であった。

第三章　証言

一

芝愛宕下西久保。

武家地で、閑静な一帯である。

新太郎は、三村兵庫の屋敷へ向かっている。

ここ数日で、三村に関する様々な情報があがってきた。火事のあと、すぐに来なかったのは、三村のことを調べていたからだ。

三村家の家禄《かろく》は四十石で、鉄砲玉薬《てつぽうたまぐすり》同心である。父が若くして亡くなったので、三村は十六歳で家督を継いだ。それが十五年前、現在は三十一歳で、妻子はなかった。何度か見合いの話があったそうだが、すべて先方から断られたという。家禄が低い上に、三村の気難しい性格が災いをしたのだろうと、周囲の者はいう。

酒は呑《の》まずに、これといった趣味はないようであったが、時折吉原へ行くことがあるそうだ。数年前までは馴染《なじ》みの遊女がいて、月に二、三度通っていたこともあったが、ある時からぱたりと来なくなった。

最後にやってきた時にはその遊女に対して、「ここを抜け出して、江戸も離れて、ふたりで一緒に暮らそう」と、誘った。

遊女の嘘《うそ》を本気で捉《とら》えたそうだ。

断ると、三村は一変して、刀に手をかけた。だが、すぐに冷静になり、文句を言いながら帰っていったという。

その話を聞いたときに、三村兵庫の像が、がらりと変わった。

文通にしろ、ただの恋仲ではないのかもしれない。

恋に破れて、怒りに任せて火をつけたことも視野にいれた。

そのような偏執的な一面があったものの、日頃《ひごろ》の暮らしや職務の中で揉《も》め事を起こすことは一度もなかった。

特に同僚の鉄砲玉薬同心によれば、仕事は至って真面目《まじめ》で、人並の能力であったという。

金に困窮しているのは、他の御家人と同様で、剣術の師匠、桃井春蔵が、『間口屋』で金を借りていたように、三村も何度も利用していた。

支払いは、一度だけ期日を過ぎたことがあったが、それも体調が優れずに返済に来られなかっただけで、あとはしっかりと返済している。

『間口屋』の番頭、喜助によると、

「三村さまは初めてこちらにお越しになった時には、十両ほど借りていきました。二度目は一両、三度目は二両、しかし、それ以降は一分だとか二分だとか少額ばかりを借りられるようになります。たしかに、手前どもで少額を借りる方はいらっしゃいますが、あの方はそれを毎月のように繰り返されるのです」

と、言った。

それを聞いたとき、もしや、金を借りるのが目的ではないのかと思った。

お稲のことである。

文《ふみ》を送っている。それに、太助の見立てで、贈り物もしているようだ。

もしも好《い》い仲であれば、わざわざ借金にかこつけて、『間口屋』に来なくてもいいようだが、あの真面目な父、心平太であるからわからない。

何度も少額の金を借りて、会う口実を作っていたが、やがてそれでも金が回らなくなり、夜にこっそり忍び会っている。

それが、火事の三日前に心平太に見つかりそうになった。『間口屋』の裏手の塀から飛び降りてきたのも、舟宿の主人は背が高かったというが、暗かったので見間違いかもしれない。

ただ、それが三村でなかったとしても、疑う理由が出てきた。

火事の日の前夜に、三村の姿を蔵前で見たという者が現れた。三村が通う士学館の桃井春蔵である。

桃井はちょうど、『間口屋』に金を返しにきたときだった。三村と思われる男を少し離れたところからみかけ、声をかけようと近寄った。だが、向こうは気が付いたのか、足早にその場を去って行ったという。

しかし、『間口屋』から出ると、また付近で三村らしき男を見かけた。

桃井は三村のことを、

「妙な者だ」

と、評した。

剣術では、自分がふたり掛かっても倒せないだろうといい、数か月前の車坂との親善試合で、井上伝兵衛やその一番弟子など、格上の相手は倒せたものの、はるかに格下の太助には一歩も手足が出ずに負けた。

しかも、勝ったときよりも、負けたときの方が嬉《うれ》しそうにしていたという。

「あのような男は見たことがない。人付き合いは悪くないが、これといって親しい者はいない」

その他の士学館の門弟にも話をきいてみたが、三村の私生活を知っている者はいなかった。

そんな調べをしていると、三村が新太郎の元に訪ねてきたという。ただ、その時に新太郎は留守にしていて、栄太郎ら他の手下もいなかったので、諦《あきら》めて帰ったという。

そして、改めて新太郎が訪ねた次第であった。

門を入り、敷石をいくつか渡ると、突然戸が開いた。

土間に、色白で、のっぺりとした顔の男が戸に手をかけていた。

「鳥越の岡《おか》っ引《び》き、新太郎でございい」

「三村兵庫」

「先日は、失礼しました」

新太郎は軽く頭を下げた。

三村はぶっきらぼうな態度で、中に入れてくれた。陽《ひ》の当たらない古びた屋敷で、廊下の板は嫌な音を立てるし、通された客間の畳は大分すり減っている。掛け軸には、文武両道という書が掛けられていた。

向かい合って座ると、

「よからぬ疑いが掛かっている」

三村が低い声で言った。

「疑っているわけではございませんが」

新太郎が話している途中に、

「余計なことは言わなくていい。端的に話してくれ」

と、注意してきた。

「では」

新太郎は頷《うなず》き、遠慮なくお稲との間柄をきいた。

「まず、拙者は『間口屋』で金を借りている」

「存じております。一分ほどだと」

「如何《いか》にも」

「何に使われる金でしたか」

「そこまで答えぬといけぬか」

「お答えになりたくなければ構いません。しかし、『足柄屋』で女に贈ったであろう品々を買ったとのことがわかっています。それに当てたのではと」

「うむ、そうだな」

三村は小さく頷き、何か訳を話すのかと思ったが黙り込んだ。

「『間口屋』とは何ら問題は起こしていませんか」

「ない」

「では、火事の三日前の夜、何をなさっていましたか」

「蜊河岸の道場で稽古《けいこ》をしていた」

三村は予《あらかじ》めきかれると思っていたのか、即座に答えた。

「それが終わったのが？」

「五つ過ぎだったか」

蜊河岸から、愛宕下まで、半刻《はんとき》も掛からない。

その時刻に稽古が終わっていたのだとして、屋敷に帰らずに『間口屋』へ直行したのであれば、四つにその姿を見られていてもおかしくない。

「その日は、決して蔵前には行っていませんか」

「行っておらぬ」

三村は帳面を見せてきた。そこには何月何日にいくら借りて、それをいつ返したという日付が書かれている。

新太郎は『間口屋』で見せてもらった帳面の写しを持っていた。三村に日付を確かめようと、頭のなかにこれらを詰め込んでいた。それと照らし合わせると、ぴったり合う。

ここに嘘はなかった。

「その日以外は、蔵前に行くことはない」

三村は言い放つ。

そうなると、火事のあった日の前夜にも行っていないことになる。

だが、桃井は見たと言っている。

気のせいだと言い逃れはできる。

新太郎がどのように探ろうかと思慮していると、

「中間《ちゅうげん》にきけばわかる」

三村はいきなり中間を呼んできた。

五十代半ばくらいであるが、三村よりも背が低く、小柄で痩《や》せているのにお腹《なか》だけがぽっこり出ていて、おどおどしている頼りがいのなさそうな男であった。

どこかで見たことがある。

新太郎はそんな気がした。

「旦那《だんな》さまは、五つ半には、こちらにお帰りになってました」

中間は声を震わせながら言った。

それだけ告げると、用は済んだとばかりに去って行った。

「昔からいる中間で？」

新太郎は何気なくきいた。

「父が亡くなったときに、それまで仕えていたのが辞め、あれを引き入れた。見た目はあのようだが、なかなかに頭の切れる男だ」

それ以上、三村から聞き出せることはなかった。

「また来ることがあるかもしれません」

新太郎は釘《くぎ》を刺して、愛宕下の屋敷を後にした。

続いて、『間口屋』へ行った。

芝愛宕下から蔵前までは新太郎の足で半刻もあれば行けた。途中、京橋《きょうばし》あたりで強い風が砂ぼこりをまき散らし、汗にまみれた体にじっとりと絡みついた。

『間口屋』からほど近い湯屋《ゆや》に入り、汗を流した。

番台の男が、

「親分、まだ火事のことをお調べで？」

と、心配そうにきいてきた。

「ああ」

「あの朝、あっしも見に行ったんですが、朝早くなのにやけに人が集まっていましたね」

「蔵前だから、心配で見に来た者たちもいたんだろう」

得意先が住んでいる町の方角に火の手が上がると、我さきへと駆けつけて、如何にも心配したと見せつける太鼓持ちのような商人もいる。

まさに、そのような輩《やから》が、その時にも多かったように思えた。

「五郎次さんが亡くなってからというものの、『間口屋』さんは災難ばかりですね」

「うむ」

「心平太さんの心労もわかりますよ。でも、一番大変なのは奉公人たちでしょう。心平太さんの顔色を見ながら、びくびくしているんですから。うちに来られる『間口屋』の男衆も多くいますからね。本当かどうかわかりませんが、あの火事の際に大事な証書が燃えてなくなったと嘆いているのもいましたっけ」

男は同情を寄せるように言った。

「証書っていうと？」

新太郎は妙に思った。

焼けたのは、台所だけである。そこに証書があるとは、とても思えない。

「わかりません。洗い場から声が聞こえてきただけなので」

男は答えた。

新太郎は湯からあがると、すぐさま『間口屋』へ行った。

店の間では慌ただしく出入りの者がいた。裏手は火事で燃えてしまったが、近所の大工が大急ぎで、とりあえず形ばかりは使えるように再建してくれた。

新太郎はその勝手口を入り、

「お稲を」

と、女中に取り次いでもらった。

そう待たないうちに、お稲がやって来た。どこか警戒している。

「度々、すまねえな」

新太郎が直接きき込みをするのは、これが初めてだが、栄太郎が二回来ている。そして、二回とも何の収穫もなく、帰って来た。

「まだ何かございますのでしょうか」

お稲が周囲を気にするように言った。

「単刀直入にいうと、三村兵庫さまのことだ」

「すでに、栄太郎さんにお話ししました」

「その文は？」

「捨てました」

「残しておかなかったのか」

「想《おも》ってもいない方からの文なぞ、要りません」

お稲は顔に似合わず、はっきりと言った。

「文の内容は覚えているか」

「以前、落とし物をなさったときに、拾って渡したことがございました。それに対する御礼《おれい》です」

「で、お前さんの返事の内容は？」

「三村さまの好い評判は聞いておりますので、これからも剣術に勤《いそ》しんでくださいと、当たり障りのないことです」

「それっきりだっていうのか」

「そのあと、お誘いの文は頂きました。そのうちのひとつが父の手に渡り、もう三村さまを出入り止めにすると怒っていました。私は三村さまと何の間柄でもなかったのですが、そのせいで疑われまして」

いかにも迷惑だと言わんばかりであった。

お稲は眉間《みけん》に皺《しわ》を寄せつつ、

「親分は三村さまが火をつけたのではないかと疑っているのですか？」

と、きいてきた。

「火事の前夜、三村さまの姿がこの近くで見られている。それに、お前さんとの間に揉め事があったとすれば」

「何もございません。もし、三村さまに想われていたとしても、向こうが勝手にしたことです。私は何も知りませんから」

お稲は言い放った。

「たしかに、そうかもしれねえな。こういったことも昔あったんだ」

以前、大店《おおだな》の娘に浪人が片恋をして、女の家に火をかけた話をした。実際に、新太郎が探索を担った火事であった。

「調べれば調べるほど、あの方は怪しくなってくる。この件が解決するまで、しばらくうるさくしているかもしれねえけど、どうか許してくれ」

新太郎は帰りかけたが、

「そうだ。誰《だれ》でもいいから、奉公人を呼んでくれ」

と、言った。

お稲が下がり、すぐに十五六の若い男がやってきた。

どことなく東北の訛《なま》りがある男で、

「なんでしょう」

と、惚《とぼ》けた声でいう。

「ひとつ確かめたいのだが、火事で大事な証書が燃えたって本当か」

新太郎は単刀直入にきく。

「えっ、どうして」

「その様子だと、本当のようだな」

新太郎は決めつけ、

「大事な証書っていうのは？」

「それは……」

「いいから、言ってみろ」

「ちょっと、ここでは」

男は外に出たがった。辺りをきょろきょろ見渡してから、「大事な証書っていっても、商売に関することではないんです」と、気まずそうにいう。

「それなのに、大事な証書があるのか」

「隠し言葉でして……」

間を溜《た》めてから、

「実はお稲さん宛《あ》ての文のことなんです。飛脚が持ってきたのを、こっそり隠し持っていまして」

と、ばつが悪い面をした。

「その文っていうのは、三村兵庫さまからのじゃねえか」

「ええ」

男は頷く。

「恋文か」

「そのようなものなのですが、三村さまの片恋です。それを押し付けるかのような文言が長々と並べられて、さらに髪飾りまで入っていました」

「つまり、それをお稲さんに渡さずに、こっそり持っていたんだな」

「それに……」

まだ続きがありそうだ。

新太郎は顎《あご》をくいと遣《や》り、続きを促した。

「奉公人たちがその文を持って、三村さまをからかったんです。金を借りに来るのも、お稲さまが好きなんでしょうと。実らぬ恋だから、諦めた方がいいとか、色々なことを言ってしまいました」

男の声が尻《しり》すぼみになる。

「なんで、そんなことを？」

「三村さまの反応を見るのが面白かったんです。なので、その大事な証書っていうのは、三村さまのことなので、商売とは全く関係ありません」

男は肩をすくめながら言う。

「黙っておこう」

新太郎の脳裏に、三村の顔がはっきりと浮かんだ。

二

空に咲き散る花火が、佐賀町の剣術道場の二階の部屋から広大に見えた。少し遅れて聞こえる音も、段々と打ち乱れる花火に不思議と揃《そろ》って聞こえてくる。

両国橋の人混みは、ここから見ると、人形が動いているようにしか見えない。

この日、道場主の日比谷要蔵が二階を開放して、宴《うたげ》を催していた。

与四郎や小里をはじめ、お筋や長太、近所の者から、名古屋《なごや》の豪商で日比谷の後ろ盾をしている伊藤次郎左衛門《いとうじろうざえもん》も江戸へ来たついでに寄った。

普段であれば、千恵蔵や新太郎の姿もあるが、今日はなかった。

長太は嬉しそうに、他の近所の子どもたちと歓声をあげながら、花火を食い入るように見ていた。

大人たちは花火を肴《さかな》に、酒を楽しんでいる姿が目だった。

与四郎の隣に居合わせた横瀬が、

「あのふたりは、『間口屋』の火事の探索で忙しいみたいだ」

と、低い声で告げた。

「あれから、何かわかったんですか」

与四郎はきく。

千恵蔵が、太助に話をききに来て以来、どうなっているのかわからなかった。

「三村兵庫を疑っているようだ」

「しかし」

太助は三村兵庫のことを、「あまり口が達者ではないですが、根はいい人だと思います。火事にかかわっているとは、私は思いませんが」と、話していた。

「あのことは、新太郎に任せておけば良い。それより、南蛮又四郎のことで、千恵蔵に頼んだそうではないか」

横瀬が言った。

少しここでは話しにくいと耳打ちをしたので、一階へ降りて、道場の隅の畳敷きに腰を据えた。

真っ暗で、がらんとした道場は風通りがよく、涼しいくらいであった。

「なんだか、厄介な人物だそうで」

南蛮又四郎のことを言った。

「あのドン尻屋一家の親分だからな」

「そんなにドン尻屋一家というのは名が知れているのですね。私はそういうところに出入りしないからか、親分に教えてもらうまで知らずに……」

「知らないに越したことはない。博打《ばくち》をしている者だったら、誰もが知っているだろう」

「横瀬さまは、博打を？」

「昔な」

横瀬は苦い顔をして、

「ドン尻屋一家の賭場《とば》に出入りしたことがある。この足を怪我《けが》したばかりの時だ」

と、悪い左足に目を落とした。

足のせいで仕官先が見つからず、傘張りの内職だけでは食べていくのもやっとであった。その時に、手持ちがなくても、後払いで博打ができると、知り合いの浪人から耳寄りなことを聞いた。そこへ行ってみて、少額を借りて、博打を打った。初めは面白いように勝ったが、あとから負けが続いた。

「博打なんて、場で朽《く》ちるというが全くだ」

横瀬はため息をつく。

結局は大損をして、家財道具を売るとしても賄えない額であったので、半月ほどドン尻屋一家の用心棒をしたという。

「それが、間違いの元であった」

横瀬は後悔するように言った。

用心棒といっても、当時の親分、金兵衛を護衛することではなかった。

みかじめ料の取り立てや、違う一家に話をつけにいくときに、睨《にら》みを利かせる役割であった。

いくら、腕のたつやくざ者だとしても、刀を振り回す侍には勝てない。

横瀬は争いの場で、何か不穏な空気になると、腰に手をかけて、いまにも抜きそうな仕草をしたという。

ほとんどが脅しであった。

だが、一度だけ本当に抜いたことがあったそうだ。相手は、賭場によく出入りする易者だった。名前は思い出せないが、それなりに繁盛している男であったという。博打に目がなかったが、賭場で金を借りてやることはせず、他所《よそ》で金を騙《だま》し取っていたらしい。

しかし、偶然にも、親分の金兵衛の妻が、その易者にあらぬことを言われ、もし定めを変えたいならと、高額なお守りを買わされたという。

騙された金を、一家の若い者ひとりと一緒に取り返しにいく仕事であった。

「どうなりましたか」

与四郎は、思わず身を乗り出してきいた。

「はじめ、相手は金はもう使ってしまったと言って、払う気配がなかった。それで、脅すつもりで刀を抜いたが、それでも相手は屈しなかった。そうこうするうちに、一緒に行った奴《やつ》が、突然俺《おれ》の刀を奪い取り、相手の肩口を斬《き》ったんだ」

「えっ」

「相手に別状はなかった。だが、それからというもの、そんなことに俺の刀が使われたと思うと、心苦しかった」

そこで、横瀬は一度言葉を止めた。

道場に誰かが降りてきた。

「足柄屋さん。『足柄屋』の旦那はいますか」

日比谷の門人だった。

「はい、こちらに」

与四郎は立ち上がり、その男に向かって声を上げる。

「次郎左衛門が呼んでいる」

「伊藤さんが？」

「お前の話をしたら、もっと話してみたいと言ってな」

「少ししたら伺いますので」

与四郎は答えた。

男はわかったとばかりに頭を下げ、すぐに階段を上がって行った。

「ともかく、あの時のことを思い出したら、もしや太助も同じようなことで悩んでいるのかと思ってな。ドン尻屋一家だからな」

横瀬はそれだけ言って、上にいけと顎で示した。

太助がドン尻屋一家の開く賭場へ行ったのか。何か金に困っていることがあったのか、それとも、ただ賭博にはまってしまったのか。

そのことを考えながら、二階へ戻った。

窓際に、伊藤次郎左衛門は腰をかけ、遠い目で夜空を見上げていた。もう花火は終わっている。

「お待たせいたしました」

与四郎は次郎左衛門の前に座る。

次郎左衛門も襟を正して、

「呉服業を営んでおります伊藤次郎左衛門でございます。江戸にも上野《うえの》と大伝馬町に店を構えておりまして」

「よく存じております」

上野には元々あった『松坂屋《まつざかや》』を買い取り、『いとう松坂屋』としているが、鶴店《つるだな》と呼び、大伝馬町を亀店《かめだな》と呼んでいる。

この男の商いのすごさは、問屋と小売を兼業することにより、価格の引き下げを実現したところである。

商人であれば、誰もが伊藤次郎左衛門のことは知っている。

次郎左衛門が話したいことというのは、深川で店を開きたいと思っていて、その店を切り盛りする者を探しているという。

「もしご興味がございましたら、足柄屋さんに引き受けてもらいたいと思いまして」

「しかし、まだ会ったばかりで」

そのような決断を下すことが不思議であった。

「一目見れば、その方がしっかりしているかどうかは見極められると自負しております」

次郎左衛門は自信を持って言った。

「そうですか。しかし、私には自分の店がありますし……」

「こちらは、他の方に任せてもよろしいのではないですか？」

「他の？」

「たとえば、あの太助という小僧さん」

「まだ任せられるほどの歳ではない」

「お内儀《かみ》さんや他の奉公人のお力添えがあれば、回っていくのではないでしょうか」

たしかに、与四郎がいなくても、客の応対には問題ない。

「『足柄屋』がどうにかなるとしても、私がそのお店をうまく回していけるかは」

与四郎は首を傾《かし》げた。

「きっと、やっていけます」

次郎左衛門は、はっきりと言った。

「すぐにお返事いただかなくても結構でございます。この二年くらいで考えておりますので。もしお気持ちが固まりましたら、日比谷さまにお伝えいただければと存じます」

次郎左衛門が、与四郎の目をしっかりと見つめていた。

宴が終わってから、道場からの帰り道、与四郎は小里と肩を並べて歩きながら、次郎左衛門に話されたことを伝えた。

「いい話だとは思いますが」

小里はそう言った上で、

「しかし、『足柄屋』はどうなるのです？」

と、きいてきた。

横目で小里を見ると、思慮深い目をしている。

「私もこの店をずっと見ていきたいし、そのお話を受けるつもりはない」

与四郎は、ぽつりと答えた。

「では、お断りするので？」

「そうだな……」

「でも、お前さんが受けたいというのなら」

「そうではないが」

「珍しく、はっきりしませんね」

小里が微笑《ほほえ》んだ。

「近頃、色々と思うところがある。有難いことに、お前や太助、お筋さん、長太が手伝ってくれるお蔭《かげ》で、ますます繁盛している。だが、『足柄屋』がこうして繁盛しているのも、近所に同じような小間物屋がないからではないか。それこそ、伊藤次郎左衛門さんのような大店がこの商売に乗り出してきたら、『足柄屋』のような商売は奪われてしまうだろうな」

与四郎は、ぽつんと言った。

小里は少し考えてから、

「そう言われれば、そうですね」

と、眉根を寄せて頷《うなず》いた。

「私が願っているのは、まず第一にお前に満足な暮らしをさせてやりたい。特に五郎次さんが亡くなってから、短い浮き世を悔いなく生きるにはどうすればいいのかをつくづく考えるようになった」

与四郎は夜空を見上げながら言った。

十四年前に江戸に出てきたときに、いつか成功するのだと誓った日が思い出される。あの時と、同じような夜空の模様だ。

『足柄屋』の家の前まで来た。

「お前さんがいいと思うなら、そうしてください。私は……」

小里は続く言葉を飲み込んだ。

「お前はなんだ」

「いえ、ちょっと、今日は久しぶりに長く外にいて疲れました」

小里は苦笑いした。

「早く休んだ方がいいな」

与四郎は小里の手を取り、家に入って行った。

数日後の夜であった。

『足柄屋』に風体の悪い遊び人風の若い男ふたり組がやってきた。太助に話があるといって、勝手口で待っている。

もしや、太助が関《かか》わっているドン尻屋一家なのかと、不安になった。

「おふたかた」

与四郎は改まって声をかけ、

「いきなり来て、そのような物言いは失礼でしょう。まずはどこの誰なのかを名乗るのが筋ではないですか」

と、言い返した。

まさか、言い返してくるとは思わなかったのか、

「お、お、俺は」

と、ひとりは口ごもった。

もうひとりの男が、その男の肩を引っ張るように後ろに下がらせ、

「旦那、俺たちを怒らせちゃいけねえ」

と、脅す。

続けて、「ドン尻屋一家の金馬とは俺のことだ」と、片肌を脱ぎ、大蛇の入れ墨を見せてきた。

「どちらさまか知りませんが、太助には関係ないことですので」

「おう、関係ないだと？　奉公人のことも把握できないようじゃ、これから先が思いやられるぜ」

「なんですと？」

「太助は約束を守らなかった」

金馬と名乗る男は、野太い声で言う。

「詳しく教えてくれませんか」

与四郎はきいた。

「そりゃあ、言えねえな」

「どうして」

「お前さんが、ドン尻屋一家ではないからだ」

「太助だって」

「あいつは、少しの間、うちで働くことになっている。ちゃんと証文もあるから、でたらめだと騒いだって意味がねえぞ」

　脳裏に、横瀬の言葉が過《よぎ》った。

　太助も用心棒という名の脅し役でもさせられているのだろうか。

「私は太助の親のようなものです」

「だったら、なんだっていうんだ」

「教えてもらいましょう」

「あいにく、当人との約束なんでね」

「そうやって、はぐらかすのは卑怯《ひきょう》ですな」

　与四郎は強く出た。

「なんだと？」

　怒号が飛んでくる。

「おい、旦那」

　金馬がそう言ったとき、廊下の奥から足音がした。振り返ると、太助であった。

「あっ」

　太助の顔が、蒼白《そうはく》になっている。具合が悪いからだけではなさそうだ。

「ここは、私に任せておきなさい」

与四郎は言ったが、

「いえ」

太助は震えるように、向かってきた。

「おう、ようやく現れやがったな」

「また今度改めて伺いますので」

太助は普段よりも深く頭を下げた。

「止《や》めなさい」

与四郎は制して、

「この者らと、何があったんだ」

と、きいた。

「いえ、それは……」

太助は口ごもる。

「金のことなら、私がなんとかする」

与四郎が言うと、

「旦那、俺たちのことを見くびってもらっては困るぜ。つぶされた面目をたかが金で解決しようなんて、舐《な》めやがって」

今まで以上に、尖《とが》った声であった。

そんな時、突然、裏の門が開いた。栄太郎が、もうひとりの手下と共に入って来た。

「おい、なにしてる」

栄太郎が声をかける。

「いや、栄太郎さん」

太助が戸惑うように声をかけると、金馬たちは舌打ちをしながら帰って行った。

栄太郎が勝手口まで来た。

「太助、迷惑かけたな」

なぜか栄太郎が謝る。

「どういうことだい」

与四郎は、栄太郎にきいた。

「いや、なんというか。太助が困っているのを知っていながら、あっしがあいつらを止められなかったんで」

栄太郎は少し慌てたように答えた。

太助のことで、何か庇おうとしているのか。

「これには、ちょっと訳があるんです」

栄太郎が言った。

太助は口を挟もうとしたが、「お前は黙ってな」と栄太郎に言われて、慎んだ。

「もうお察しかと思いますが、ドン尻屋一家にいいように使われているんで。きっかけは、たしか三月前だったな」

と、太助に目を向ける。

「はい……」

太助は小さく頷いた。

「南蛮又四郎の倅が、大富町蜊河岸の士学館に通っているんです。親善試合をしたときに、太助が派手に打ち負かしたようで、それから因縁をつけられているんです」

「たったそれだけで？」

「又四郎は何とも言っていないようですが、一家の若い奴らが文句を言っているんです。でも、太助の剣の腕があるからと、かえってドン尻屋一家の用心棒を頼まれたそうなんですが、約束したのに、それを反故《ほご》にしたとかで、相手を怒らせたんだったな」

栄太郎はさらに確かめた。

「え、ええ……」

太助は落ち着かない様子で答えた。

問題はそれだけだという。

「金馬が言っていた約束っていうのは？」

与四郎は、太助にきいた。

「また仕事を頼まれたんです。昨日までに、ひとつやって欲しいものがあると言われて。それを無視したんで」

太助の声は弱々しかった。

「なんで、俺のところに来ないんだ」

「すみません」

「とにかく、俺が話をつけてやるから、お前は大人しくしてろ」

「はい」

太助は肩をすくめた。

「旦那、あっしに任せてもらえませんか」

栄太郎がきいてきた。

「すまないが、そうしてもらおう」

与四郎が頼むと、栄太郎たちは帰って行った。

「旦那……」

太助が何か言おうとしている。

だが、続く言葉がなかった。

「具合が悪いだろう。寝ていなさい」

与四郎は指示した。

本当に、それだけのことなのか、どこか不安な気持ちが残っていた。

三

翌朝、太助は六つ半には商売道具を持って『足柄屋』を出た。

馴染みの家々を回りながら、

「近頃来られないときがあって、ご迷惑をおかけいたしました。でも、もうよくなりましたから」

と、謝った。

どの客も、怒る様子はなく、何か大事でもあったのではないかと心配だったという。

そのうちのひとり、小伝馬町《こでんまちょう》の下駄問屋のお内儀さんが、「変な噂《うわさ》もあるものだから」と、ぼそりと言った。

「変な噂といいますと？」

太助は気になってきき返した。

「いや、気を悪くしないでおくれよ。お前さんが、ドン尻屋一家の連中と仲良くしているっていうんだ」

「え？」

「まさかそんなことはないだろうって否定しておいたのだけど」

「誰が、そんなことを？」

「うちの手代ですよ。近頃、やたらと羽振りがいいから、かえって心配になって、主人と問い詰めてみたんです。そしたら、賭場に出入りしているっていうんで。しかも、又四郎さんのところっていうじゃないか」

「お内儀さんは又四郎さんのことをご存知で？」

「うちもよく使っていただくのでね。お客さまとしてはよい方ですけど、そこの賭場に行くというのはね」

内儀はため息交じりに言った。

「お前さんはそんなことないだろうから。じゃ、仕事頑張るんだよ」

内儀に励まされて、太助はその場を後にした。

夕方になるまでに一通りの品は売れた。

車坂に向かって歩いていると、

「おう」

と、突然目の前に金馬と、もうひとりの輩が飛び出してきた。

「どうも」

「昨日は卑怯な真似《まね》をしやがって。栄太郎を呼びに行っただろう」

「違います。たまたまです」

「しっかり落とし前つけてもらうからな」

金馬がいきなり、太助の胸倉を摑んだ。

「何をすればいいんです」

「また言わせるのか」

「……」

「蜜三郎をとっつかまえてこい。噂では、『足柄屋』に寝泊りしているそうじゃねえか」

「……」

「ただ、俺たちのところに連れてくればいい。それから、お稲を連れてくるんだな」

「それも……」

「なんだって出来ねえじゃねえか」

「その他に、用心棒でもなんでもしますから」

「それじゃ、埒《らち》が明かねえんだ。わかるだろう」

金馬は顔をぐっと近づけて、睨みを利かせた。

太助は黙っている。

「そのふたつしか、お前にやらせることはねえ。もしどっちもできねえというなら、『足柄屋』に火をつけるぞ」

「困ります」

「俺が腹を決める前に、どうすればいいのか考えるんだな。あまり猶予はねえぞ」

「はい」

太助は肩をすくめた。

「兄貴がやるっていったら、本当にやるぞ。この間の『間口屋』の火事も知っているだろう」

もうひとりが口を挟む。

「おい、黙ってろ。あれは、三村がやっただけだ。どうせ、一家の誰かが俺の名を使って命じただけよ」

金馬は叱《しか》りつけた。

「ともかく、これ以上待たせるな」

ふたりは去って行った。


車坂の道場に、稽古をしている門人たちの声が轟《とどろ》いている。

井上伝兵衛は、新たに入った本庄茂平次《ほんじょうもへいじ》という三十歳前後の門人に教えているところであった。

この男は広徳寺前で町医者をしているが、元は長崎の地役人だという。

以前、新太郎が追っている件を千恵蔵と共に調べていたことがあった。井上伝兵衛には、千恵蔵の紹介で弟子入りしている。

医者という割には、身軽で、鋭い洞察力を持っていた。まだ攻撃は弱いが、相手が打ってくるところを避ける技は際立っている。地方ではなかなかの使い手であろうな、と井上が評していた。

井上は手を止め、

「太助。具合はどうだ」

と、きいてきた。道場に来られないときには、具合が悪いと言い訳をしていた。

「おかげさまで、治りました」

「これからは、また元通りに通えるか」

「はい」

太助は頷いた。

「うむ。なら、わしの代わりに、茂平次に稽古をつけてやれ」

「わかりました」

半刻ほど、茂平次と打ち合った。

それが終わると、

「太助、ちょっと話せないか」

と、茂平次が耳打ちした。

「井上さまにご挨拶《あいさつ》してから」

太助は改めてこのところ不在にしていた詫びをしてから、茂平次の元に戻った。

「何か困っていることがありそうだな」

茂平次が、決めつけるようにいう。

「いえ、困ることなんて」

「顔にそう書いてある」

「……」

「俺が請け負ってやる」

茂平次は冗談めかして、小突いた。元々、ひょうきんな性格と、どこか癖のある長崎訛りが井上から面白がられ、気に入られている。

しかし、この時ばかりは恐ろしいほど真剣な目をしていた。その目を見ていると、体がすくんでしまう。

「なあ、俺に任せてみろ」

茂平次は深い声でいう。

それでも、太助は否定したが、

「ドン尻屋一家の金馬のことだろう」

と、言い当てた。

「え？」

太助が思わず声をあげる。

「やはり、そうだな」

「どこで」

「誰にも言わないから、安心しな」

ふたりの足は道場を出てから、自然と広徳寺前の茂平次の暮らす家へ向かっていた。

近頃、裏長屋から表店に引っ越したらしい。

実入りがいい仕事をしていると言っているが、「もしや、ドン尻屋一家で？」と、太助はきいた。

「俺はこれでも元地役人だ。そんな連中の手先になる訳ないだろう」

茂平次はカラッと笑う。

「医者で少し当てたんだ」

「医者で当てる？」

相変わらず妙なことをいう者だ。

まだ太助が金馬のことで頭を抱える前、茂平次は太助ら他の門弟たちに、長崎の話をしてくれた。オランダや清《しん》の人々の生活などを面白おかしく語ってくれた。

初めは得体の知れない嫌な人物と思っていたのだが、話を聞いているうちに、この不思議な人間性に惹《ひ》き込まれていた。

「ともかく、俺のことはいい」

茂平次の家についた。

「上がっていくか」

「でも」

もう六つ半を過ぎている。

「少しだけ」

また帰りが遅くなると、与四郎や小里に心配をかける。

家にあがると、広々とした土間に、一階は診療をする場だとばかり思っていたが、文机《ふづくえ》と書棚があるだけで、薬の類《たぐい》はなかった。

「診療は?」

「もうやめた。当てたといっただろう。それで、これからは剣の道だ」

茂平次は、愉快そうに刀を振り下ろす仕草でおちゃらけた。

「やっぱり、よくわからない」

太助は、自然と笑みが漏れた。深いことは考えていなそうなのに、物事がとんとん拍子にうまいこと進んでいる。

この男に、引き寄せる何かがあるのか。

太助は首を傾げながら、

「それで、金馬のことはどうして」

　と、改めてきいた。

「風の噂だ。だが、お前のことだから放《ほう》っておけなくてな」

「……」

「知っていたか。金馬とお稲さんは好い仲だったんだ」

「え、まさか」

「半年くらい前まではそうだった。ああいう良家の娘ってものは、悪い男に惹かれるものさ」

「でも、よりによって金馬というのが」

「男からしたら、わからない好さがあるんだろう。ああ見えて、優しかったりする。それに、金馬は吉原でも、品川でも、どこでも女の評判だけはいいんだ」

　茂平次がいかにも知った風に言う。

「茂平次さんはどうして……」

「これも風の噂だ。だが、確かなことだ」

　誰から聞いたのかは明かさない。

「それよりも、お前さんもどうして、金馬の手下みたいなことをやっている」

茂平次は身を乗り出すようにきいた。

「私は……」

「まず、親善試合で士学館の又四郎の倅を派手にやったな」

「試合ですから」

「それで、その倅が、又四郎に泣きついた。栄太郎はそれがきっかけだと勘違いしているようだな」

茂平次の目が鋭く光る。

どきっとして、

「いや、そんなことは」

と、思わず否定してしまった。

「太助、俺はお前さんの味方だ。正直に話してごらん」

茂平次が食い入るように目を見て言った。

すべて見透かされている気がした。

深呼吸してから、話そうとした。

「でも、これは話せません」

やはり、口にできない。

「水臭いな。本当に、お前さんの為《ため》を思っているんだ」

茂平次は再び寄り添うように言った。

「これは口外しないでくださよ」

「ああ、約束する」

「私が言ったとなれば、栄太郎さんや、新太郎親分の信用をなくすかもしれませんので」

「どうして、そのふたりの名が？」

「実は、私は好き好んで金馬の手先のようなことをやっているわけじゃありません。ある事情のために、従っている振りをしているんです」

そこまで話すと、茂平次は感づいたようだ。

「つまり、新太郎の指示で金馬に近づいて、情報を得ようとしているわけだな」

茂平次が納得したかのように、

「そうか、そうか。新太郎親分が、いや今泉さまがここのところ、あまりにも傍若無《ぼうじゃくぶ》人《じん》に振る舞いすぎているドン尻屋一家を、壊滅させようとしているからな。それで、お前さんは新太郎に指示されて、金馬に近づいたわけか」

と、大きく頷く。

「いえ、親分から指示されたわけではございません」

太助は首を横に振る。

「じゃあ、お前の方から？」

「はい」

太助はその理由を答えた。

きっかけは、三月ほど前になる。親善試合を通して知り合った三村兵庫に、小間物を頼まれた。話をきくと、『間口屋』の娘を好きになったといい、贈るものが欲しいと言ってきた。太助は言われた通りに、三村でも買えそうな安価なものをいくつか見繕った。それから、ひと月に一度は三村が贈り物を買うようになった。相手がその気もないのに、あまり送りつけるのも迷惑だと感じていたが、とても三村にそのことを言えるような雰囲気ではなかった。

ちょうど、五郎次の弔いの日、太助が日本橋の大門通りを歩いていると、腰掛茶屋の床几《しょうぎ》に座っているふたりが「三村兵庫が……」と話していた。

聞き耳を立てると、

「あいつは俺が金を貸してやっているにもかかわらず、自分の立場もわからねえで、お稲にちょっかいを出す、とんでもねえ太《ふて》えやろうだ」

と、怒り気味に語る男がいた。それが、金馬であった。

弟分がなだめながら、

「でも、三村は吉原で好きだった女にしつこく迫った挙句、振られて、暴れ回ったそうですぜ」

「そんな野郎だ。あいつなんて、剣が強いから使えると思っていたが、全く見当違いだ」

「いえ、そんなんだから使えるじゃありませんか」

弟分が悪だくみの笑みを浮かべた。

「使えるって？」

「兄貴は、もうお稲のことを吹っ切れているんですよね」

「当たり前だ」

「それで、お稲を痛めつけたいと？」

「痛めるよりも、後悔させてやりてえな。辱めるんでもいい」

「そりゃ、いい」

「最近、好い仲になった『間口屋』の旦那の甥《おい》で、なんていったっけ」

「あ、蜜三郎ですか」

「そう、その蜜三郎を叩《たた》きのめしてやりたいと思ってる。それも、お稲が見ている前でな」

金馬は爪《つめ》を嚙《か》みながら言った。

「それに、三村が使えるじゃないですか。あいつのカッとなる性格を使えば、兄貴の思うがままに進められますよ」

「たしかに、そうだ」

ふたりの会話は、それからその悪だくみへと、どんどん深まっていった。

三村がこのふたりの策に嵌《は》まるかどうかわからないが、太助は三村が可哀そうに思えた。それに、剣術を通じて得た仲間のようにも感じている。

三村にそのようなことをさせるわけにはいかない。だが、本人にこのことを告げても、聞く耳をもってくれるかわからない。

「そういう訳で、これは危ないと思い、新太郎親分に相談したんです」

太助は、興味深そうに聞いている茂平次に言った。

「そしたら、新太郎親分がドン尻屋一家を壊滅させるために手伝ってくれないかって頼んできたのか」

「そんな感じです」

太助は頷く。

新太郎からはドン尻屋一家は余程のことでない限り、壊滅させることはできないと言われた。つけ入るさきがあるとすれば、この金馬だという。金馬を何かの重い罪で捕まえて、又四郎以下、他の一家の者たちをも道連れにするしかないと語っていた。

「それから、私はわざと金馬にぶつかって、いちゃもんを付けられにいったんです。こちらが下手にでると、どんどんつけあがってきましてね。金馬は法外な金を請求してきました」

「いくらだ」

「百両」

「ふっ」

茂平次が鼻で笑う。

「馬鹿馬鹿しい」

吐き捨てるように言い、

「まさか、払っていないな」

と、確かめる。

「そんなお金はありません」

「断ったら、違うことを要求してきたと?」

「こちらから、何でもするからと許しを乞いました」

太助は頷いた。

案の定、金馬は太助の話に乗った。

詳しい内容は教えてくれなかったが、ともかく、お稲と蜜三郎に恨みがあると言っていた。

太助は自分は『足柄屋』の奉公人で、訳あって蜜三郎が家に泊っていることを話した。

すると、金馬はしめたとばかりに目を怪しく光らせていた。

三村兵庫に頼むべきところを、自分に頼んできた。

これで、三村は金馬に目をつけられなくて済む。

「金馬は蜜三郎を連れてこいって?」

「はい」

金馬は何をするかは教えてくれない。だが、弟分が、「そいつを縛り上げて、なぶり殺すんだ」と、不気味な声で言い放った。

「このことを新太郎に伝えると、その現場を押さえるということになりました。ただ、ドン尻屋一家を壊滅させるには、又四郎以下、直属の子分二十七人全員を一斉に捕縛しなければ、誰かが裏で他の岡っ引きや同心に手をまわし、罪を不問にさせられるに違いないと考えていた。今まで、それで何度となく、罪に問えなかったのだ。

だから、すべてが整うまでは、金馬に実行させるのも引き延ばさせるように、新太郎から指示されていた。

「それで、金馬はこっちがまだ動かないものですから、『足柄屋』までわざわざやってきたんです」

「お前さんも大変だったな」

茂平次は太助の肩に優しく手を置き、

「俺にも一枚嚙ませてくれ」

と、にこっと笑った。

「えっ」

「こういう時こそ、俺の出番だ」

「でも、これは内密に進められていることで」

「千恵蔵親分が俺のことを評価しているのは知っているだろう」

「ええ、まあ」

「新太郎親分も、俺の実力を知っているはずだ」

茂平次はやけに自信満々であった。

少し、茂平次に話したことを後悔した。

だが、茂平次はそんなことを吹き飛ばすように、

「ともかく、新太郎親分に繋《つな》いでくれ」

と、頼み込んできた。

太助は迷いながらも、ふたりで新太郎の元へと向かった。

四

九つごろになった。

階段をあがってくる、遠慮がちな足音が聞こえてきた。

太助は自室の襖《ふすま》を開け、廊下を覗《のぞ》いた。

「まだ起きてたのか」

疲れたような顔の蜜三郎が微笑んだ。

「ちょっと、蜜さんと話したいことがありまして」

「なんだ」

蜜三郎が部屋に入って来た。

太助は座布団を敷いて、菓子を出す。さっき、茂平次から土産でもらった鶏卵素麵《そうめん》というものだ。卵黄と糖蜜《とうみつ》だけで作られた素麵のような形状をしているもので、桃山《ももやま》時代にポルトガルから入って来たものだという。長崎ではそれなりに食べられているが、江戸では滅多に手に入らないそうだ。

長崎の頃の知り合いが持ってきたからと、おすそ分けしてくれた。

「酒でも吞《の》みますか」

太助はきいた。

「お前は？」

「弱いんで、あまり吞めませんが」

「なら、舐める程度に付き合おう」

太助は予め近所の酒屋で求めた安酒を出した。

「お口に合うかわかりませんが」

「なに、そんな気を遣ってるんだ」

「そういうわけじゃありませんが」

太助は苦笑いしながら、それぞれの猪口《ちょこ》に注《つ》いだ。

一口ぐいと呑むと、喉《のど》の奥が焼けるようであった。

「これは、相当強いな」

「ええ、こんな強いのは」

太助は咽《む》せた。

「おい、大丈夫か」

蜜三郎が太助の背中をさすり、

「水を持ってくる」

と、一度部屋を出て行った。すぐに、桶《おけ》に入れた水と湯呑《ゆのみ》ふたつを持ってきた。

「薄めて呑んだ方がいい」

蜜三郎は言う。

その通りにすると、あっさりとして、呑みやすくなった。

鶏卵素麵を摘まむと、

「なかなかしっかりした味だな」

蜜三郎が美味《おい》しそうに何口か食べる。

「お前は食べねえのか」

「少ししかありませんから」

「俺は酒の時はちまちま摘まむのが好きだ。腹を満たしたいわけじゃねえ」

蜜三郎が差し出してきた。

「じゃあ」

太助は一口食べた。だが、甘すぎて、あまり好みではなかった。

「で、何かあったのか」

蜜三郎は、にこにこしてきく。

「ここのところ、全然話せてなかったので」

「『壇ノ浦』で働きはじめて十日あまり。俺の帰りが遅いし、お前さんは朝が早いから、めっきり顔を合わせなくなったもんな」

「仕方ありませんね」

「まあ、お前さんがこうやって起きていてくれれば、酒を呑みながら話せるってもんだな」

蜜三郎が嬉しそうにする。

その顔のまま、

「悩み事なら聞くぞ」

と、寄り添うように言った。

「私は……」

なんと言おうか迷いながら、

「蜜さんは、困っていることはないんですか」

「俺が？」

まさか、という具合に笑っている。

「親父《おやじ》さんとのことや、心平太さんのこと」

「困っているわけじゃねえが、いずれ解決しねえといけないな」

「失礼ですが、親父さんとはどういうことで」

「前にも言ったように、あの人は俺のことをこき使っていたんだ。ただ働きだよ」

「それで嫌気が差して」

「叔母さんを頼った。昔から、可愛《かわい》がってくれていたからな」

「でも、親父さんと、心平太さんの確執のせいで、追いやられてしまったんですか」

太助はさり気なくきいた。

今まで饒舌《じょうぜつ》だった蜜三郎が、急に黙り込む。俯《うつむ》き加減に、項垂《うなだ》れていた。白い首筋に、行燈《あんどん》の灯《あか》りが当たり、妙な色気を醸し出している。

しばらく、黙って酒を呑んだ。

「なんか、すみません」

太助が頭を下げた。

「どうして、お前さんが謝るんだ」

「聞いちゃいけないことを」

「そうじゃないけど、叔父さんはな……」

「何か他のことが原因で？」

「どうだろうな」

蜜三郎にしては、珍しくはっきりしない。

「お稲さんと何かありましたか」

酒の力もあって、思い切ってきいた。

「お稲」

蜜三郎が口ごもる。

空になった猪口の底を見つめながら、少しして、思い切ったように酒を注いだ。それをぐいと呑んでから、

「……」

「与四郎さんに、きくように頼まれたのかい」

と、きいてきた。

「いえ、違います」

太助は慌てて首を横に振る。

蜜三郎は後ろの柱にもたれながら、残りの酒を呑んだ。

「なら、誰に？」

「誰でもありません」

「お前さんがただ気になっているだけか」

「ええ」

「それで、夜中まで起きていた？」

蜜三郎の声が重くなる。

どきりとした。

さっき、茂平次に確かめて欲しいことがふたつあると言われていた。

ひとつ目は、蜜三郎とお稲が好い仲であるのかどうか。もしそうであるなら、いつからそうなったのか。

ふたつ目は、蜜三郎と金馬とは、どれくらいの付き合いかだ。

「余計なことでしたね」

太助はその場の空気が耐えられず、前言を撤回しようとした。

「お前さん」

蜜三郎は改まった口調で、頭をもたげて太助を見る。

「どれだけ、俺のことが好きなんだ」

急に乾いた笑いをした。

それから、冗談だとばかりに言い、「太助のことを教えてくれたら、俺も話してやる。おあいこにしよう」と、蜜三郎が前のめりになった。

「私は何も」

太助は猪口で口元を隠すように、酒を呑んだ。

「なにかあるだろう」

「まあ、何もないわけじゃございませんが」

「俺が見るに……」

蜜三郎は間を溜めて、

「女じゃなさそうだな。金か、いや違うな。面倒なことにでも巻き込まれているな」

と、鋭い目で笑った。

「よくおわかりで」

太助は少し頷く。

「相手は？」

「蜜さんが知らないかもしれません」

「いいから」

蜜三郎は手を招くように振り、促した。

「ドン尻屋一家の金馬です」

「ほう」

蜜三郎は興味深げに、軽く膝《ひざ》を叩いた。

「ご存知で？」

「まあまあ」

「もしや、蜜さんも金馬とは」

「いや、あいつは俺に手も足も出ない」

蜜三郎は鼻で嗤《わら》う。

「どういうことで？」

「御爺《おじい》さまの弔いのあとだったと思うが、俺に匕首《あいくち》を向けてきた」

「え？　それで？」

太助は思わず、きき返した。

「あいつは見た目はいかついし、強そうだが、腰は引けていて、喧嘩《けんか》も強くない。博徒としては一流なんだろうけど、虎の威を借る狐《きつね》ってとこだな」

「じゃあ、やり返したと」

「匕首を払って、それでお終《しま》いだ。一緒に、弟分のような口先だけの奴がいたが、手を出してこなかった」

「向こうが襲ってきた原因はわかっているので？」

「さあな」

「嫉妬《しっと》でしょうか」

「嫉妬？」

「ほら、蜜さんは顔が好いから。金馬にしても、弟分にしてもそういう訳ではないので」

太助は言った。

次の酒を注ぐ蜜三郎は手を止めて、目だけを向けた。

「太助」

蜜三郎が徳利《とっくり》をどかして、詰め寄る。

太助の肩に手をかけながら、

「何をそんなに探ろうとしているんだ」

と、今までに見たことのない険しい表情をした。端正な顔だけに、睨みを利かせると余計に恐く見える。

「どうも、おかしいと思った」

蜜三郎は吐き捨てるように言う。

「すみません」

太助は正座をして、

「私が馬鹿でした」

と、頭を深々と下げた。

「何かききたいことがあるなら、素直にきけばいい」

「なかなか出来ずに」

「まだ出会ってから日が浅いが、江戸ではお前さんが一番の友だと思っているのによ」

「本当にすみません」

太助が謝ると、蜜三郎は大きくため息をついた。

「まあ、男女の仲はきき難いのもわかる。いや、そんな単純なものじゃねえか。俺とお稲はいとこだからな」

むしろ、気を遣わせてすまなかったと、蜜三郎の態度が急に変わった。

「やはり、蜜三郎さんは？」

「おっと、早まっちゃいけねえよ。お稲とそういう間柄にはなっていねえ。互いに気があるが、俺だってわきまえている」

蜜三郎の声に、寂しさがこもっていた。

「さあ、寝よう」

蜜三郎は立ち上がった。

それ以上のことは、この場では追及できなかった。

「また呑んでくれますか」

最後に、太助がきいた。

まだきき出したいのではない。素直に、親睦を深めたかった。

「もちろん」

蜜三郎は甘い声で答えて、部屋を出て行った。

翌日、太助は少し酒が残っていた。頭が軽く締めつけられるようである。

朝餉《あさげ》を済ませて店の場に行くと、与四郎が荷箱に商品を詰めている。

「おはようございます。今日は旦那が出られるおつもりですか」

「ああ。昨日もお前が出ただろう」

「今日も行かせていただけませんか」

太助は頼んだ。

「別に構わないが、どうした」

与四郎は心配しているようであった。

この間、金馬が訪ねてきたあと、そのことを確かめてくることはなかった。おそらく、栄太郎から話は聞いているのだろう。

「疎《おろそ》かにしていたときにお得意さまのところへ行けませんでしたから。昨日はお会いできなかった方も何人かおりますし」

「うむ、良い心がけだ」

与四郎は深く頷きながら、

「あれから、うまく収まっているのか」

と、きいてきた。

「えっと」

「金馬のことだ」

「はい。何もありません」

昨日のことは言わなかった。さらに、茂平次と話したことも伝えなかった。与四郎は茂平次のことを、よくわからない男だと評している。千恵蔵が茂平次のことをやたらと買っているのがわからないし、新太郎は茂平次を信頼しているわけではないが、岡っ引きになればかなりいい親分になるだろうと、探索の能力を評価していることも、不思議なようである。

「『足柄屋』には、あれから来ていませんよね」

太助は念のために、確かめた。

「ああ、一度も」

与四郎は首を横に振ってから、

「また金馬に絡まれたら、栄太郎を頼るんだぞ」

と、言ってきた。

「はい」

「まあ、聞く限り、大したことはなさそうだな。お前があまりにも気落ちしているから、余程のことがあったんじゃないかと思ったが……」

与四郎が目の奥深くを覗き込むようにして見てきた。

「すみません」

太助は頭を下げて、与四郎が詰めていた荷箱を手に取った。詰めるものが少し違う。要らないものを取り出し、贔屓《ひいき》にしてくれる客が買うものを入れた。

それからすぐに、『足柄屋』を発《た》った。

上野から御成《おなり》街道を進み神田へ向かう。そこから、日本橋、京橋、麹町《こうじまち》の方まで回り、愛宕下にやって来たのは昼過ぎだった。

もう得意先はだいぶ捌《さば》けた。

西久保の三村兵庫の屋敷に足を踏み入れた。

今日は非番だということを知っている。そして、大富町蜊河岸の士学館で朝から八つ半くらいまで剣術に精を出しているのもわかっている。

案の定、五十代半ばくらいの冴《さ》えない中間しかいなかった。

この中間は偉ぶらずに、太助に対しても腰が低い。

「今はいませんよ」

「ちょっとあなたにお話が」

「え？」

中間はいつも以上に、おどおどしていた。

「答えにくいこともあると思いますが」

「もしかして」

「なんです？」

「いえ」

どうにも、嘘が下手な男である。三村はこの男をそれなりに使いこなしていて、料理をさせれば腕は一人前だし、釣りもなかなかだ。他の気遣いはできないが、それほど使えない男ではないと言っている。

「これは内密に」

「ええ」

そうは言っても、この男から漏れるのは覚悟の上で、

「三村さまと、金馬はどういう間柄なのですか」

と、思い切って尋ねてみた。

案の定、中間は答えに迷っている。

「実は、私も金馬には絡まれて困っているんです。もし、三村さまが同じようにお困りであれば、力を合わせて解決することもできるかと存じまして」

太助は伝えた。

中間は何に困っているのかなどということは追及して来ず、また三村と金馬についても口ごもっているだけで答えはでてこなかった。

「今度は、三村さまがいらっしゃる時分を見計らって伺います」

太助はそう言って、愛宕下を後にした。


その後も夕方近くまで商売をして、車坂の道場へ行った。今日も、本庄茂平次の姿があった。

半刻ほど稽古で、汗を流した。

「今日は湯に行くぞ」

帰りに、茂平次が誘った。

湯に入っている時はおろか、あがってからもしばらく他愛のない話をして、蜜三郎のことには触れて来なかった。

太助は自ら話題に出そうと思ったが、茂平次が次から次へと話をしてくるので、なかなか言い出せないでいた。

湯屋から帰りの道中で、

「やはり『間口屋』の火事は、三村の仕業のようだな」

茂平次は、新太郎が言っていたと告げる。

「新太郎親分は、どうするつもりなのでしょう」

「まだ誰の指示なのかわかっていないからな。それを調べるそうだ」

「そうですか」

「お前さんの話では、ドン尻屋一家の誰かが金馬の名前を騙《かた》って、指示したんじゃないかってことだったな」

「はい」

「もし、それが本当なら、ドン尻屋一家は何のために『間口屋』に火をつけたんだ」

「私にはさっぱり……」

太助は首を傾げてから、昨日蜜三郎と話したことを告げた。

お稲とは互いに惹かれ合っているが男女の間柄ではないこと。また、金馬が蜜三郎を襲ったこと。

「どういう手を打つおつもりで？」

「おいおい考えておく。金馬を捕まえるより、それにかこつけて、又四郎まで引っ張らないとならないからな」

茂平次の目が、鋭く光った。

またしても、太助にはよくわからなかった。

ふたりは、広徳寺前まで来ていた。

今日は寄っていくかと聞かれなかった。

「では、また」

太助は頼みますとばかりに会釈して、そこで別れた。

広徳寺前から大川に向かい歩く。

途中、鳥越神社の裏手に差し掛かったときに、ふと背後に駆けつける足音がした。

振り返った時であった。

太助は頭に大きな衝撃を受け、その場に倒れ込んだ。

五

湿り気と熱を含んだ重たい雨が降る朝だった。

新太郎は浅草元鳥越町の自身番にやって来た。板敷きの間では、太助が起きて話していた。

太助の隣にいた栄太郎が、

「親分、異常はなさそうです」

と、告げる。

太助が目を覚ましたのは、七つごろだったという。それまでは全く起きる気配がなかったが、突然目を開き、慌てた様子で上体を起き上がらせたという。

栄太郎は一睡もしていないのか、目の下に隈《くま》ができていた。

「親分、ご迷惑おかけして」

太助が手をついて、深々と頭を下げる。

「お前さんが謝ることないだろう」

「でも……」

太助は口ごもった。

「でも、何だ」

新太郎は促す。考える目つきで、「迂闊《うかつ》に歩いていたからです」と、下を向きながら言う。

隣で栄太郎がそんなことはないと慰めながら、

「親分に、もう一度、さっき話したことを伝えてくれ」

と、軽く肩を叩く。

「はい」

太助は咳払《せきばら》いしてから、

「昨夜、車坂の道場で稽古をした後、茂平次さんと湯に行って、それから広徳寺前のお宅まで一緒でした。そこで別れて、『足柄屋』に帰る途中の鳥越神社の裏手で、突然殴られたんです。相手の顔ははっきりわかりませんでしたが、おそらくドン尻屋一家のものではないかと」

と、語っている。

その相手とは、金馬の弟分ではないかともいう。ひとりだったそうだ。それに、そう考えるには、他にも理由があるらしく、「栄太郎さんが」と、太助は委ねた。

今度は、栄太郎が喋《しゃべ》った。

「あっしが、たまたまあの付近で金馬の弟分を見かけたんです。そのすぐあとに太助がこうなりましたからね」

「金馬は一緒じゃなかったのか」

新太郎がきく。

「いませんでした」

栄太郎は答えた。

「なら、その弟分がなかなか動き出さない太助に業を煮やして、勝手にやったことかもしれねえな」

新太郎が考え込む。

それから、太助に顔を向け、

「申し訳ないことをした」

と、頭を下げる。

「いえ、そんな」

太助は顔をあげるように、手ぶりをした。

「奴を野放しにすることはねえ。だが、今泉の旦那がお考えのことがある」

新太郎は苦い顔で告げた。

すでに伝えられていたことだが、ドン尻屋一家は金兵衛が親分の頃から、町役人や岡っ引きや同心に賄賂《わいろ》を贈っている。それを受け取り、融通を利かせている者も少なくはない。

金兵衛が一度も捕まらなかったのも、その跡を継いだ又四郎が捕まらないのも、すべて賄賂によるものだ。

定町廻《じょうまちまわり》同心の今泉は、今まではそれを許すまじと思いつつも、何もできないでいた。しかし、『間口屋』の火事が起きて、三村兵庫の仕業であることまでわかった。

しかも、金馬は指示しておらず、金馬の名を騙った正一郎というドン尻屋一家で、上から五番目くらいの地位にある者の仕業だという。

「お前さんが、あのこの間、三村さまのお屋敷に行っただろう。あの時に、中間がもう自分の仕えている旗本は終わりだと悟ったらしい。俺のところに、火事の日の前夜から、火事があった日の夕方まで、三村兵庫は屋敷にいなかったと白状しにきた。それと、正一郎が金馬の代わりといって来たということも話してくれたんだ」

新太郎はそのことを伝えた上で、

「お前さんには、もう少し迷惑をかけると思うが、我慢してくれ。必ず金馬を捕まえる。そして、ドン尻屋一家を壊滅させるから」

と、力のこもった声で言った。

本来であれば、目の前で困っている者がいたら、その者のために尽くさなければならない。新太郎の信念であったが、大きな目的のために、小さなことに目をつぶることを選ぶのが、きっと世の中のためになる。

「すまねえな」

新太郎は謝ってから、

「少し待ってくれねえか」

と、もう一度頼んだ。

栄太郎も続いた。

太助は戸惑いながらも、

「私は、親分に異を唱えることなどありません」

と、当然の如く答えた。

「ありがとよ」

そんな話をしているうちに、与四郎と、さらには蜜三郎もやって来た。

あまり広くない自身番に大勢が集まりすぎている。

「俺は探索に出る」

新太郎はそう言って、『間口屋』へ向かった。

『間口屋』の裏手は、修理が大分進んでいた。

あと一日もあれば終わりますよ、と大工が教えてくれた。

勝手口で、お稲を呼んだ。

取り次ぎの女中は、初めにお雉を連れてきた。お雉は不機嫌そうに、「もういい加減にしてください」と、迷惑がっている。

「すまねえ。だが、確かめなくちゃならないことがある」

「そうはいっても、私たちは」

「太助が襲われたんだ」

新太郎は、重たい口調で告げた。

「太助っていうと、『足柄屋』の？」

「ああ」

「誰に、襲われたのです？」

「おそらく、ここに火をつけた奴だ」

「……」

「お稲の証言があれば、そいつを捕まえられるかもしれねえんだ。きっと、話したくないこともあるだろうけど、この通りだ」

新太郎は真剣に頼んだ。

すると、お雉も渋々ながら認めた。

「こちらは勝手口ですけど、人は通りますから、中へどうぞ」

お雉が客間に通してくれた。

待つ間もなく、お稲がやってきた。

「これで、本当に早く捕まるのでしょうね」

お雉は急《せ》かすようにいう。

「ああ、そうする」

新太郎は約束した。

お雉は気を利かせて、客間には残らなかった。

ふたりになってから、改めて、お稲に三村のことを問いかけた。

「もう大分調べがついている。三村兵庫がやった」

新太郎は、顔を覗き込んだ。

「……」

お稲は目を伏せた。

「だが、三村さまはお前さんに片恋をして、それが叶《かな》わなかったから火をかけたのではない」

「では、金馬がやらせたので？」

「そうでも、なさそうだ」

「えっ」

お稲は驚いたようにきき返す。

「では、一体だれが」

ともきいてきた。

「その前に確かめておきたいことがある」

新太郎は、金馬との関係はどうだったのか、もう一度きいた。すでに得た茂平次からの報《しら》せでは、お稲と金馬が付き合っていたという。

それの裏付けが欲しかった。

「なんでもありません」

お稲は否定したものの、

「もう知っているから、隠さないで欲しい。心平太にも伝えないから」

新太郎はめげずに言った。

すると、お稲はとうとう観念したように、

「その通りでございます」

と、ようやく認めた。

「出会いをきいても構わねえか」

「はい」

お稲は淡々と語りだした。

今から一年ほど前。

浅草猿若町《さるわかちょう》の市村座《いちむらざ》へ芝居を観《み》に行った帰りだった。ちょうど、桟敷《さじき》で見ていたもの寂しげな男に、お稲はふと心が惹《ひ》かれた。

それが、金馬であった。

芝居の最中も、ちらちらと金馬を見ていると、向こうも気づいたようで、何度か目で合図を送って来たという。

芝居が跳ねてから、お稲は金馬に話しかけられた。そのまま、近くの腰掛茶屋で話した。それから数日後にまた会い、さらに数日後と、逢瀬《おうせ》を重ねた。やがて、男女の仲となり、半年ほど付き合いが続いた。

お稲にとって、初めて惚《ほ》れた男であった。

最初は優しく、さらにはお稲とは遠い世界にいたので、それがさらに魅力を引き立てた。博徒と聞かされても、悪いことだと思いつつも、暗い気持ちにならなかった。

だが、次第に本性が現れてきた。

元親分の倅ということで、ちやほやされているが、それをいいことに人使いが荒い。弱い相手には強く出て、強い相手には何も言えない。男らしさはなく、ねちっこく嫌味ばかりいうことが増えた。

お稲は心平太にこの付き合いが知られてはいけないことから、それほど頻繁には会えなかったが、それに対しても金馬は文句をつけた。

他に男がいるのではないか。どうせ、俺のことを嫌っているのだろう。その間男と陰で俺の事を嘲笑《あざわら》っているに違いない。

あまりにもしつこくされるので、ついにはお稲が突き放したという。金馬を見かけると逃げるなどして、少しの間は、距離を保てた。

お稲は吹っ切れたように、話し終えた。

心なしか、目がうるんでいるようでもあった。

「話してくれて、ありがとよ」

新太郎はそう言い、

「三村さまに、『間口屋』に火をつけるように指示したのは、正一郎って男だ。こいつもドン尻屋一家の者で」

お稲の片方の眉がぴくりと上がった。

「知っているのか？」

「いえ、もしかしたらですが」

お稲はそう前置きした上で、

「たしか、正一郎っていう人の名前は、どこかで聞いたことがありました。祖父と揉《も》めていた人かもしれません」

と、告げる。

「五郎次さんと？」

「これもよくわかりませんが、いつだったか、客間で祖父がドン尻屋一家の人と話しているのを耳にしました。なにやら揉めている様子でした。それが、正一郎とかいう名前だったのかもしれません」

お稲は答える。

それから、新太郎は他の者たちにも正一郎のことをきいた。もちろん、お雉や、心平太とも話した。

揉めていたということはお稲以外からきき出すことはできなかったものの、手代の証言からは正一郎は時折、やってくるということもわかった。

新太郎は『間口屋』を辞去すると、八丁堀《はっちょうぼり》へ向かい、今泉へそのことを報告した。

今泉は徐々に集まる事実に興奮気味で、

「ドン尻屋一家を潰《つぶ》すまで、もう半分といったところか」

と、意気込む。

「ひとつお願いが」

新太郎は言った。

「言ってみろ」

「お稲が金馬と付き合っていたことは、心平太の耳に入れさせたくありません。なので、慎重に動きたいと思います」

新太郎は頼んだ。

第四章　忠義

一

間口屋五郎次が亡くなってからひと月が経《た》とうとしていた。心平太の元には、未《いま》だに生前、父に世話になったという者たちが、弔問に現れる。

その中に、見たことのない五十男がいた。

宗匠帽《そうしょうぼう》を被《かぶ》り、額はくっきりとした三本の線が波のように刻まれ、褪《あ》せた口元であった。

番頭の喜助でさえ、

「さあ、あのお方には覚えがございませんな」

と、首を傾《かし》げている。

取り次いだ女中は、三十八年ほど前に五郎次と会って以来だというが、それまでは頻繁に会っていたという。特に、五郎次の妻、お菊と親しかったそうだ。

心平太は仏間で焼香が終わったその男に向かい、

「失礼ですが、父とはどのようなご関係に」

と、尋ねた。

「いえ、ただのしがない易者でございます」

男がそう答えたときに、突然、喜助がやって来た。

「旦那《だんな》、少々よろしいですかな。店の方《は》で」

喜助が無理やり、その易者と引き剝がそうとする。

「ご挨拶《あいさつ》がおわればすぐに向かう」

「いえ、いますぐに」

喜助はどこか焦っているようであった。

そして、申し訳なさそうな顔を易者に向けた。

仕方がなく、心平太は喜助に連れられて、その場を離れた。しかし、店の場へは行かずに、廊下の途中で立ち止まった。

「思い出しました。あの人は水島東西にございます」

喜助がいう。

「水島東西？」

心平太は首を傾げた。

誰《だれ》であったか。

どこかで聞いたことのあるような名だ。

少し考えていると、「あっ」と思い出した。

「あの水島東西か。父が二度と会いたくないと言っていた」

「左様に」

「いまさら、何を」

「ただ訃報を聞いて、やってきただけでしょう」

「私が殺したのではないかと、確かめに来たのではないか」

そう言えば、入ってくるなり、心平太を疑っているような素振りをしたように感じなくもない。

心平太はかっとなり、喜助を払いのけて仏間に戻った。

すでに姿はない。

取り次いだ女中だけが残っていた。

「奴《やつ》は？」

「先ほどの方ですか」

「そうだ」

「お帰りになりました」

女中が告げる。

心平太は急いで外に出た。喜助が後をついてくる。

「旦那、お止《よ》しください。何をするっていうんです」

「決まったこと」

そう答えておきながら、結局はどうするのか決めていない。東西に三十八年前の真意を問うてみたい気もある。そして、ひと月前の父の死は、本当に自分が殺したと考えているのかもききたい。

「先代は、占いによって惑わされると困るから、あの方とは会いたくもないと仰《おつしや》っていたんです」

喜助が告げるが、心平太の耳には半分も入ってこなかった。

店を出て、しばらく進んだところで、ゆっくりと歩く水島東西の姿を発見した。

大股《おおまた》になり、ガツガツと近づいていく。

喜助も心配とばかりに、歩幅を合わせて変わらずついてきた。

「東西先生でございましょう」

喜助が先に声をかけた。

男は足を止め、体を振り向かせた。

「覚えておいででしたか。あなたは以前にもいらした……」

東西は喜助を見ながら顔をしかめ、

「あの頃《ころ》は手代でしたかな。元は武家の出だとかで」

と、口にした。

「ええ、よくお覚えで」

喜助は驚いたように、頷《うなず》く。

東西は心平太に顔を向けた。視線が合うと、心平太は自然と目を背けた。この男の目は、やたらと黒々として、何か吸い込むような違和感があった。

「三十八年前のことを、覚えておいでで?」

心平太は目を戻した。

道行く人々の中に、なんだろうと、この光景を見ている者たちがいる。心平太も気が付いてはいたが、喜助に注意された。

「ここで話をするのも何ですから、もう一度、『間口屋』にお戻りになっていただけませんか」

喜助が促す。

三人は早歩きで、店へ向かった。

その間、会話はなかった。

心平太は居心地の悪さを感じて、喜助は焦っている様子でもあったが、東西は平静を装っているのか、何の変哲もない顔をしている。

客間に通して、腰を据えた。

「さて」

喜助が様子を窺《うかが》うように、声をかけた。

「三十八年前のこと。いまも鮮明に覚えております」

東西は通る声で静かに言った。

少しの間を溜《た》めてから、

「私がこちらにお邪魔できなくなったのは、あのことを言ったからでしょうね」

と、謝る素振りも、言い訳をする気配もなく、ごく当たり前のように答えた。

「先生」

心平太はそう呼ぶのも嫌なくらいであったが、

「どうして、そのようなことを仰ったのですか」

と、尋ねた。

「あの時のあなたには父殺しの相がでていました。もっとも有名なところでいうと、伊達政宗《だてまさむね》公と同じ顔相」

東西は淡々という。

「伊達政宗様など、とうの昔の方で、本当の顔はわかりませぬ」

「いや、有名どころを出したまでで。他にも、父殺しの顔相の者とは出くわしたことがございます。ちょうど、牢《ろう》屋敷にいた頃に見ております」

「牢屋敷？」

「若い頃に捕まっておりました」

東西は悪びれる様子もない。

心平太は喜助を見た。いきさつは知っているようである。

「弔問に来たのは、何の目的があってですか」

心平太は続けてきいた。

「ただ、懐かしき名を聞き……」

東西が答えている途中で、

「どなたに？」

と、心平太は被せるように問いかけた。

「蜜蔵さんです」

「私の義兄の？」

「はい」

東西は頷く。

（義兄は私が父を殺したと考えているのではないか）

だからこそ、弔いの時に、色々と話しかけてきた。蜜蔵は五郎次を見下していた。三百両も借りておいて、鴨《かも》だと思っていたのかもしれない。

ふと、「お前が殺したんじゃないか」と誰もいないところで言われた。

怒りが沸いて、蜜蔵の胸倉を思わず摑《つか》んだ。

「こんな癇癪《かんしゃく》持ちなら、考えられる」

蜜蔵は、小馬鹿にするように笑っていた。

その経緯《いきさつ》もあり、心平太は蜜蔵を追い出した。それに代わって、蜜蔵の知り合いである水島東西が現れたのではないだろうか。

「私が殺したと、今でもお思いで？」

心平太は、怒り混じりにきいた。

「あくまでも、顔相を見ているだけでございます。五郎次さんの死相を見ていないのでわかりませんが、あなたのお顔を見ていると、まだ父殺しの相がありますす」

東西は目を瞑《つぶ》りながら、はっきりと言った。

「ちょっと、それはあまりにも」

喜助が身を乗り出した。

「見えたままをお話ししたまでです。何の忖度《そんたく》もしませんし、機嫌を取るようなこともありません」

東西が落ち着いた声で答える。

「なら、俺《おれ》が毒を盛ったと？」

心平太がきいた。

「同じことを違う言葉で言わせないでくださいませ」

「あまりにも酷《ひど》い」

心平太は立ち上がった。

これもすべて蜜蔵の計略ではないか。

心平太に罪を被せ、捕まることがあれば、蜜蔵が『間口屋』を乗っ取ることができると考えているのではないか。

そういえば、蜜蔵がまだ『間口屋』で奉公人をしていた頃に、次の当主は自分だと豪語していたことがあったという。

「いくらお前さんが、俺を人殺しだと言ったところで、同心の旦那は認めてくださらない。ただ顔相だけを見て、人殺しかどうか判断できれば、お奉行さまはいらないし、何でも易者のいう通りになる」

心平太は勢い余って立ち上がった。

思わず、東西の襟首を摑んで、追い出した。

喜助は心平太に落ち着くように促しながらも、東西が出ていくと、「旦那さまがお怒りになるのはごもっともなことでございます」と、心平太に寄り添った。

「とりあえず、もうあのお方を取り次がないように家中に言っておきますので」

喜助が毅然《きぜん》として言った。

その後、奉公人に呼ばれて商売に戻ったが、あの東西の言葉が耳朶《じだ》の奥深くに残り、振り払うことができなかった。

その日の夜であった。

暮れると秋を感じさせる風が、裏庭から家のなかに吹き抜ける。どこからともなく、鈴虫の音も聞こえてきた。

心平太は、二十年以上前に父から貰《もら》った読本《よみほん》を開いていた。

『自来也説話《じらいやものがたり》』である。

話のあらすじはすっかり忘れてしまったが、読み返してみると、それなりに面白い。

何より、夢中になって読んだことが蘇《よみがえ》る。

(私が父を殺すわけがない)

突然、水島東西の顔が浮かび、本を閉じた。

その時、

「ちょっと、失礼しますよ」

と、珍しくお雉が心平太の部屋に現れた。

ここのところ、寝間も別々にしているので、居間や廊下で顔を合わせることもあるが、なかなか折り入って話すことがなかった。

ふたりが話すことといえば、お稲のこととなり、その方針をめぐって揉める。

「またお稲のことか」

襖《ふすま》を閉めて、心平太の前に座るお雉に問いかけた。

お雉は襟を正してから、

「そうです。それと、火事のことなども」

と、言った。

「いま親分たちが調べているだろう」

「三村兵庫さまとわかっているのに、まだ捕まえていません」

「裏で誰かが指示していたようだな。ドン尻屋一家の正一郎かもしれないらしいな」

「親分が、疑っていますね」

「正一郎って男は、かなり厄介のようだな」

「そうなんですか？」

「父が目先の金しか見えていない男で、そのためなら何でもするって言っていた。あと、こいつに殺されかねないと」

「えっ、じゃあ、お義父《とう》さまが亡くなったのは、もしかしたら」

「考えない方がいい。ドン尻屋一家を敵に回すと、余計に厄介だ」

心平太は諦《あきら》めるように言った。

「お前さんは、それでもいいのですか」

「……」

「もし殺されていたとしたら」

「仕方ない。過ぎたことより、今の方が大事だ。そして、これからのことが」

心平太の口調が、つい荒くなった。

「でも、そうやって感情的になるということは、やはりお前さんも疑っているのですね」

お雉が決めつけるように言う。

何も返事をしないでいると、

「私はおかしいと思っていますよ」

と、刺すような目で言った。

「実は日頃から贔屓《ひいき》にしている魚屋さんに、先日お会いしたんです。というのも、私が駿河町《するがちょう》の『越後屋《えちごや》』に反物を選びに行った帰りです。日本橋の袂《たもと》で、突然声をかけてくるみすぼらしい若い男がいまして。それが、その魚屋さんだったのです」

心平太は、その魚屋に会ったことがない。だが、五郎次のふぐを提供した魚屋とは、今後一切取引しないように、番頭の喜助が奉公人一同に知らしめたと聞いている。

「それで？」

心平太はきいた。

「その魚屋さんは、うちの件があってから、悪評が立ち商売ができなくなりました」

「当たり前だ」

「しかし、ふぐの毒を除くのは料理人の務めではありませんか」

「三吉の仕業というのか」

「わかりませんが、魚屋さんは三吉さんのこともよく知っているんです。三吉さんには、少し前まで借金があったようですが、ある日突然返したみたいです」

「最近のことか」

「ええ」

お雛は頷く。

「その魚屋が言い訳をするために、三吉に罪をなすりつけているのかもしれない」

「そうでしょうか。三吉さんという方は、料理の腕は一人前です。しかし、私は日頃の行いを見ていて、あまり感心できる方ではないと思っています」

お雛の目は吊《つ》り上がっていた。

心平太はため息をつき、

「私たちがここで話し合ったって、それが真実だとしても、どうすることもできない。魚屋も本当にそう思うなら、新太郎親分や今泉の旦那に話すべきだ。だが、こちらに何の報《しら》せもないということは、魚屋が三吉に罪をなすりつけているだけに過ぎない」

と、言い放った。

「いいえ」

お雉は首を横に振った。

「魚屋さんは、親分に伝えたそうです」

「なに？　親分はそんなこと一言も言っていなかったぞ」

「もしかしたら、何かお考えがあるのかもしれません」

急に、お雉の目が曇る。

「考えっていうのは？」

心平太はきき返した。

「もしかしたら、お前さんをまだ疑っているのかもしれないと。さきほど、水島東西という易者が来たという話を女中から聞きました。お前さんは蜜蔵さんが寄越《よこ》したというように思っているかもしれませんけど、実のところ、新太郎親分かもしれませんよ」

お雉が不安そうな声を出し、

「ねえ、お前さん」

と、改まって呼んだ。

「本当に、お義父さまに毒を盛っていませんね」

「当たり前だ。お前まで、あの易者を信じるのか」

「ただの確認ですよ。お前さんはそうやってすぐ怒るから」

お雉が嫌そうな顔をして、

「ともかく、変な疑いをかけられないようにしてください。なんなら、お前さんから親分の元に出向いて、事情を話した方がいいかもしれませんよ」

と、言ってくる。

まさか、やってもいないのに、捕まることはあり得ない。

(だが……)

もし、捕まったとしたら、蜜蔵はあえて不利になることを証言しそうだ。まんまと罠《わな》に嵌《は》められかねない。

「そうだな」

心平太は行くしかないと腹を決め、

「お前のいう通りにしてみる」

と、答えた。

「ええ、そうしてください」

お雉は素っ気ない口ぶりで、「おやすみなさい」と部屋を出て行こうとした。

「待て」

心平太は呼びかけた。

襖に手をかけたまま、お雉の顔だけが振り向く。

「ありがとう」

久しぶりに、感謝の言葉を口にした。

お雉は曖昧《あいまい》な笑みを浮かべて、部屋を去った。

二

雨の八丁堀、同心屋敷には新太郎とその他の岡っ引《おかぴ》きと手下の何人かも集まっていた。今泉が一同を招集したのは、これが初めてであった。

じめじめと暑い上に、同心屋敷の広間には人が多すぎるほどであった。今までは、新太郎とその手下だけで動いていたが、さすがに賄いきれない。

そこで、今泉が選んだ十五人が来ている。

新太郎の隣には太助がいる。

手下ではないが、来てもらった。

「この太助にかかっています」

新太郎は、今泉に伝えていた。他の親分衆も承知の上であった。

金馬を捕まえるには、太助がいわば囮《おとり》にならなければならない。

それと、例外的に岡っ引き一同に交じって座っているのは太助のほかに、本庄茂平次がいた。

茂平次は初めて会う親分連中たちに、すでに気に入られていた。

一同はそれぞれに、ドン尻屋一家の情報を持ち寄っている。中には、かつて金兵衛や又四郎に賄賂《わいろ》を貰い、彼らの悪事を見て見ぬふりをした親分も交じっている。

新太郎には、大抵それが誰なのか見当がついている。

今泉にしろ、わかっているだろう。

だが、それは一切不問にして、

「いいか、これは漏らすんじゃねえぞ」

と、口を堅く閉ざさせていた。

「それにしても、栄太郎は遅い」

まだ来ていなかった。

ドン尻屋一家のことで、少し気になることを調べてから向かうと今朝分かれたきりだった。

新太郎は窓の外を見遣《みや》る。雨の勢いは強まるばかりである。

ある親分が、

「まさか、栄太郎がドン尻屋一家の側に寝返ったんじゃあるめえな」

と、恐い顔をして言った。

それに同調するように、

「だとしたら、すべてが台無しだ」

他の親分が言った。

「決めつけるには早い」

今泉は冷静に答えるが、焦っている目をしていた。

「ともかく」

新太郎は手下の栄太郎を疑われて厳しい立場の中、一同に策を話すと告げた。

皆、黙って聞いた。

又四郎の下の二十七人のうち、金馬を除く二十六人が一斉に集まる機会はある。毎月一度、どこかしらの料理茶屋で、その月の売上やら、今後の方針を話している。

だが、そこにいつも親分の又四郎の姿はない。

つい最近、ドン尻屋一家を辞めて、内部のことを報せてくれた者によると、

「又四郎は江戸にいて、常に子分たちの行動を見張っているから、くれぐれも下手な真似《まね》はしないように、言いつけられているという」

と、新太郎は告げた。

さらに続けた。

「又四郎の居所については、一家のなかでも、色々な噂《うわさ》があるようだが、大伝馬町の『金倉』という酒問屋にいるのかもしれないと」

『金倉』のことは、ドン尻屋一家における一連の探索で、調べがついている。主人は堅気の商人を使っているが、実のところ、正一郎が又四郎に任されている店だ。

毎月の料理茶屋での会合とは別日に、この『金倉』に直属の各子分たちが売上の一部を上納しにやってくる。

「だが、その日は、皆一斉に集まるわけではない。だから、ここは狙《ねら》えないが、上納に来るってことは、又四郎がそこにいてもおかしくねえ」

もし、踏み込んで又四郎がいたとする。

今まで不問にされてきた嫌疑で捕まえることもできるが、まだ沙汰《さた》が下されていな

い新たな件があるといい。

そして、それが重罪で、もう二度と又四郎が娑婆《しゃば》に出てこられないようでなければ、ドン尻屋一家を壊滅にまで追い込めない。

話し合っているときに、栄太郎が駆けこんできた。

謝りながら、肩で息をする。

「遅かったな」

今泉の顔が少し晴れた。

「さっき、ドン尻屋一家が深川《ふかがわ》一家と小競り合いになっていました。近いうちに、本格的に深川一家を潰《つぶ》しにかかるのでしょう。その話し合いが、次の会合であると思われます」

栄太郎は一気に喋《しゃべ》った。

深川一家は、その名の通り、深川一帯の賭場《とば》を仕切る一家で、幾度となく、ドン尻屋一家の傘下に下るように打診されていたが、断っている。それがきっかけで、ふたつの一家は険悪な関係になっていた。

「で、会合はいつ、どこでなんだ」

誰かがきいた。

「五日後に、日本橋の『百川《ももかわ》』です」

江戸を代表する料理茶屋である。

「五日後……」

それまでに、又四郎の居所も摑まないといけない。

そう思っていると、

「今回は、大きな争いになるらしく、さすがに又四郎も会合にやってくるとの話です」

と、栄太郎の声が弾んでいた。

「よし、そこを踏み込むぞ」

今泉が決意した。

「はっ」

合戦を控える戦国武将のように、一同はいつにも増して気合が入っている。

「ですが、肝心なのは捕まえてからです。又四郎を何の罪でお白洲《しらす》に引っ張るのですか」

茂平次が声をあげる。

「五郎次殺しだ」

今泉が答える。

「料理人の三吉が、正一郎に金で買われて毒を仕込んだことはわかっている」

新太郎が続けた。

「正一郎が独断でやったことで、又四郎は命令を下していないということにならないですか？」

茂平次は心配そうに確かめ、

「裏付けがなくては、弱いと思いますが」

と、加えた。

「裏付けはいらん。誰かしらが、自分の保身のために、裏切るに違いない」

今泉は鋭い口調で答えた。

その場の岡っ引きたちは、皆納得している。

新太郎も頷いた。

五日後の踏み込みに備えるように、今泉からの号令がかかった。

五郎次に毒を盛った三吉、そして『間口屋』に火をつけた三村は、ドン尻屋一家の者たちに不信感を与えないために、まだ捕まえないでおく。

そう決まった。

会合が終わる。

新太郎と栄太郎は、太助を使い、金馬を捕まえる。

帰り道、足元を濡《ぬ》らしながら、

「親分、納得いきません」

と、栄太郎が不満を口にした。

「なにがだ」

「誰かが裏切るって言っていますけど、それって取引するわけですよね」

「ああ」

「奴らは全員、娑婆に出してはいけねえ輩《やから》です」

栄太郎は語気を強めた。

「わかってる。だが、これを逃したら、もう二度と機会がないかもしれない。多少のことは目をつぶらないとならねえ」

「本当に、それが正しいんですか」

「正しいかどうか……」

新太郎は迷ってから、

「後になってみねえとわからねえ。だが、最善の策だと思っている」

と、栄太郎の目をじっと見て告げた。

「わかりました」

栄太郎はまだ完全に納得しきっていないようであるが、反論することはなかった。

その翌日の夕方。

新太郎の元に、与四郎がやって来た。すでに、商売は終わっている頃合いである。

与四郎の顔はいつもと違い、険しかった。

「どうした」

太助のことかもしれない、と感づいた。

昨日、あの場にいた者以外には口外しないことになっていた。もしそうでなければ、どこでドン尻屋一家にそのことが伝わるかわからない。それだけ、又四郎という男の耳は、至るところにあるのだ。

だが、与四郎ならば、ある程度話しても平気だろうと、その場で決めた。

「これは、今泉さまからの命令でな。やらねば、ならねえ」

新太郎は言い放つ。

そして、栄太郎に話したことと同じ内容を与四郎にも伝えた。

案の定、与四郎もこの策には反対であった。

たとえ悪人であっても、罪を被せることは違うと言い張り、

「これは私の考えですし、私が決められることではありません。しかし、私は太助の親のようなものです。また、蜜三郎さんの身も預かっておりますから、いくら親分たちが現場に潜んでいるからといって、危険な目に遭《あ》わせることはできません」

と、強い口調で言われた。

「危険はない」

新太郎は答える。

「しかし、相手はやくざ者です」

「ああ」

「万が一、匕首《あいくち》を抜かれでもしましたら」

「その時には、俺がこの身を盾にしてでも、太助と蜜三郎とお稲を守る」

新太郎は与四郎の肩に手を置き、ぐっと力を込めた。

「他に策はございませんか？」

「すまねえが」

心苦しかったが、他の手はないことを告げた。

「親分を信じてよろしいですね」

与四郎の声は、わずかに震えていた。

「任せろ。この身に代えてでも」

意志を示した。

与四郎が帰ってすぐに、栄太郎がやって来た。

弾んだ声で、「太助が、話をつけました」と、告げてきた。

蜜三郎とお稲は、太助が間に入ることで、四日後の昼間、ふたりで本所《ほんじょ》に出かける約束を取りつけた。また、太助はそのことを金馬に告げた。金馬は弟分と、ふたりを襲うことを決意した。

もちろん、金馬の計画を蜜三郎とお稲には伝えていない。蜜三郎は協力してくれるかもしれないが、お稲はそれならば来ないであろう。

「八丁堀へ」

新太郎は栄太郎と、今泉の屋敷へ向かった。

昨日の雨で道がぬかるんでいたが、半刻《はんとき》も経たないうちに、屋敷に着いた。

すでに、何人かの岡っ引きが集まっていた。

それから、さらに四半刻もしないうちに、全員が揃《そろ》った。

一番の手柄の茂平次は今泉の隣で、

「さらにわかったことがあります。三村の中間《ちゅうげん》が、毒と火事の件を証言してくれるそうです。あっしが、何とか説得しました」

例の長崎訛《なま》りで、自慢げに大きな声で伝えた。

それから、二組にわかれる。

ひとつは、金馬に当たる組。ここには、新太郎と栄太郎だけであった。

もうひとつは、『百川』を抑える。

ここに集まっている岡っ引きの手下たちを含めると、全部で五十人ほどが当たる。

ここに集まるのが二十六人であり、『百川』は大きいので、それくらいいなければ、取り逃がしてしまうかもしれない。この中に、茂平次の姿もあった。

すべてが九つから、八つ（午後二時）の間に迅速に行わなければならない。

「油断はするな。常に慎重にいけ」

今泉が指示して、解散となった。

三

踏み込むと決まってから、五日が経った。

九つの鐘が、回向院から聞こえてくる。蜜三郎とお稲は向両国《むこうりょうごく》を涼しげに歩いていた。

これが金馬を引き寄せるためだとは、久しぶりに会えたふたりは思ってもいないだろう。

ふたりとも、やけに嬉《うれ》しそうな様子であった。

やがて、ふたりは大川端の腰掛茶屋に入った。

その様子を、新太郎は近くの人気のない稲荷《いなり》から確かめた。

隣には、栄太郎がいる。

栄太郎はついさっき、新太郎の元に戻って来たばかりであった。太助が金馬と合流して、両国橋に向かってくるのを確かめていた。

金馬の供には、いつもの弟分がいる。

ふたりが腰掛茶屋に入ってからしばらくして、太助と金馬らが両国橋を渡ってきた。外からこっそり店内を覗《のぞ》き、ふたりがいることを確かめてから、近くにある他の腰掛茶屋に入った。

お稲と、蜜三郎はそんなこととはつゆ知らず、楽しげに話している。

しばらくして、蜜三郎とお稲が出てきた。

少し間を取り、金馬らが続く。

大川端を、少しはずれたところの路地に入った。

行く先には、小さな神社があった。

蜜三郎とお稲は、周りを気にすることなく、鳥居をくぐった。

境内《けいだい》に人はいない。

金馬と弟分は、どちらも懐《ふところ》から匕首を取り出した。

鳥居に足を踏み入れたとき、

「いまだ」

新太郎が合図を送る。

栄太郎は弟分に飛び掛かった。その隙《すき》に、太助が金馬を押さえつけた。

新太郎は金馬に、続いて弟分に縄をかけた。

弟分はじたばたして叫ぶ。

その声で、蜜三郎とお稲が振り向いた。

太助はふたりに向かって走り、思いきり頭を下げた。新太郎は縄を引きながら、ふたりに近寄った。

「囮にさせてすまなかった」

新太郎は素直に頭を下げる。栄太郎も倣《なら》った。

「ひどすぎます」

お稲は信じられないといった表情で泣きそうだ。

だが、蜜三郎は冷静だった。

「やはり、そうでしたか」

すでに悟っていた顔をして、

「なんとなく、そんな気がしていました。前々から、こいつが俺を襲うつもりだとはわかっていましたから」

と、金馬を見た。

金馬は目を合わせない。

だが、太助を睨《にら》みつけた。

「太助、やはりお前のことは信じねえ方がよかったな」

捨て台詞《ぜりふ》を吐いた。

「落ち着いたらまた話そう」

新太郎は金馬を引っ張って、神社を去った。

本所小泉町の自身番にやって来た。

奥の板敷きの間に、金馬を放《ほう》り込む。

昼であるのに、陽射《ひざ》しが入らない暗い部屋だ。小さな行燈《あんどん》の心許《こころもと》ない灯《あか》りがわずかに点《とも》る。

金馬は壁にもたれかかり、新太郎を見下すように見ていた。

「どうせ、俺を罪には問えねえ。今まで、幾度となくドン尻屋一家の捕縛に失敗しているだろう」

小さな声で、嘲笑《あざわら》うように言う。

「勝手に吠《ほ》えてろ」

新太郎はまだ取り調べはせず、金馬を閉じ込めておいた。

まだ来ない。

『百川』に踏み込んだ岡っ引きらからの報せが、来ないのだ。

もうじき、届いてもいい頃合いだ。

相手に察知され、逃げられたか。それとも、踏み込んだ際に不手際で取り逃がしてしまったか。

どちらにせよ、嫌な予感がした。

暑さとは別の冷たい汗が背中に流れた。

他の自身番では、栄太郎が金馬の弟分の取り調べをしている。その報せは、すぐにやってきた。

「もう吐きやがりました」

栄太郎は、してやったりという顔をしている。

『間口屋』に火をつけたのは三村兵庫の仕業で、金馬の名を騙った正一郎が指示したから、金馬に罪はないと言い張る。

五郎次の殺害でも、正一郎が料理人三吉にやらせたと示唆《しさ》しているという。

「まだ油断はできねえ。これで、お白洲で証言がひっくり返ったら、元も子もねえからな」

「わかっています。でも、奴はもう観念していますよ」

「そうか」

新太郎は頷いた。

「ところで、あっちの方は」

むろん、『百川』の踏み込みである。

「まだだ」

新太郎は首を横に振った。

「何かあったんですかね。あっしが見てきやしょうか」

「そうだな。あと、四半刻してこなかったら、見に行ってくれ」

新太郎は頼んだ。

だが、その前に、下谷の親分の手下がやって来た。

曖昧な表情をしている。

うまくいったのかわからない。

「どうだった」

新太郎は前のめり気味にきいた。

「ひとりを除いて、主要な奴らは捕まえました」

「そいつというのは」

嫌な予感がした。

もしや、又四郎ではないか。

一番肝心なのが、あの男なのだ。又四郎が逃げている限り、ドン尻屋一家を壊滅させることは難しいだろう。今回捕まえた、直属の子分、金馬を含めた二十七人全員を牢に送りこんだとしても、あの又四郎であれば、どこかで一家を再建させるに違いない。

「で、誰なんだ」

新太郎は問い詰めた。

「又四郎です」

手下は言いにくそうに、早口で告げた。

「やはり」

新太郎は舌打ちした。

「で、どうしているんだ」

「親分衆らは、血眼《ちまなこ》で探しています。江戸から逃げることも考え、うちの親分は板橋《いたばし》、あと、内藤新宿《ないとうしんじゅく》と千住《せんじゅ》にも手配しています。品川はまだ」

「俺が行く」

新太郎は、その手下にこの場は任せた。自身番の家主や町役人では、もしかしたら、日頃よりドン尻屋一家から賄賂を受け取っているかもしれない。それで、逃れられたら元も子もない。

それから、品川へ走った。

すでに、日が沈みかけていた。夏の末の陽射しは眩《まぶ》しくて、まだ暑かった。

途中の高輪大木戸《たかなわおおきど》に差し掛かったところで、

「ドン尻屋一家の親分、又四郎がこちらに逃げてきたかもしれません。怪しい者を見かけませんでしたか」

と、高輪の岡っ引きに確かめた。

しかし、こっちには来ていないという。

この者らも買収されているのか。

わからない。

「親分、どうしましょう」

栄太郎がきいた。

「潜り抜けたのかもしれねえ。とりあえず、品川宿だ」

新太郎と栄太郎は駆け抜けた。

やがて、品川の夜の海が現れた。真っ暗な水面《みなも》に照らされる宿場の灯りが波に揺れ、蛍が水中で泳いでいるかのように見えた。

品川宿で、九つになるまで、すべての宿、料理屋、呑《の》み屋をしらみつぶしに確かめて回る。

だが、どこへ寄っても、又四郎の情報は得られなかった。

「もう先に進んじまったんですかね」

栄太郎が疲れた顔できく。

「いや、ここまで誰も見ていねえっていうんだ。品川じゃなかったんだろう」

新太郎は諦めて言った。

肩を落として、八丁堀の同心屋敷へ行った。


その夜は一睡もしなかった。

他の親分たちからの報せも待った。だが、誰も又四郎を見つけていない。途中で又四郎らしき人物を見たという証言さえ、一切あつまらないという。

「しくじったか」

今泉は恐ろしいほど、深い目つきをしていた。

他の岡っ引きたちも戦意を喪失している。

茂平次だけは、

「ここで奴を捕まえなければ、終わりませんよ。奴を捕まえて、手柄を立てましょう」

と、疲れも見せずに意気込んでいる。

明け六つ（午前六時）になり、新太郎は小泉町の自身番へ向かった。

そこには、太助の姿もあった。

「どうしたんだ」

新太郎は驚いてきく。

「いえ、親分たちが又四郎を探しに行ったたっていうんで、私がこいつを見張らなきゃと思って」

太助は金馬を指す。

金馬は目の下に隈《くま》を作りながら、不敵な笑みをつくる。

「こいつは、いけしゃあしゃあと、いびきを立てて眠っていました」

太助が苦い顔で言う。

「落ち着いていられるのも、ここまでだな」

新太郎は改めて、金馬に体を向けた。

金馬は顔を上げるなり、

「又四郎を探しているんだってな」

と、見下すように言う。

「直《じき》に見つかる」

新太郎は強がって言い返す。

「ふん」

金馬は小馬鹿にするように鼻を鳴らし、

「無駄なこった」

「お前さんは、あいつがいれば、何とかしてくれると思っただろう。いや、又四郎がいなくても、他の連中がな」

「何か吐かせようってか」

「そのうち、すべてがわかる。お前に話してもらうことは、こっちの筋書通りのことだけだ」

「筋書？」

「『間口屋』の火事、そして、五郎次さんを毒殺したことだ」

新太郎はきつい目つきで睨んだ。

すると、金馬は引きつったように、

「火事は俺の仕業じゃないぜ。三村が勝手にお稲に恋慕して、腹いせに火をつけたんだ」

「それは、正一郎の仕業だ。お前の名を騙ってな」

「ちっ」

金馬から思わず舌打ちが漏れた。金馬も自然と出たらしく、慌てて顔を取り繕った。

「正一郎はお前に罪をなすりつけようとしている。それなのに、お前は庇うのか」

新太郎は、問い詰めた。

「……」

「お前の弟分も認めていることだ」

「そうか……」

「すべて又四郎の命なんだろう」

「ふっ」

金馬はどういう訳か、鼻で嗤《わら》う。

又四郎さえ捕まらなければ、すべて丸く収まると思っているのか。

金馬の考えが読めなかった。

だが、新太郎はその心配をおくびにも出さずに、かえって余裕ぶって金馬の目をじっと見つめる。

「万が一、又四郎を、ドン尻屋一家を追い込めなかったとしても、お前だけは罪に問う。もう二度と娑婆に出てこられないだろうな」

新太郎は言い放つ。

金馬が少し焦ったように、唇を舐《な》める。

こめかみをかきながら、

「どういうことだ」

と、重たい声できいてきた。

それからすぐに、

「ドン尻屋一家の奴らが、俺を売ったのか」

と、声を震わせる。

恐さなのか、それとも怒りなのか。どちらとも取れる。

「そうだ」

新太郎は静かに頷いた。

「それに、弟分もお前のせいにして逃れようとしている」

さらに、はったりをかました。

まだまだ聞き出せていないこともあるし、弟分に金馬を売る気配はない。ああ見えても、金馬に対する忠誠心は強い男だ。

でたらめだ。

金馬は地面の一点を見つめている。

「くそっ」

荒々しく咳払いした。

「散々、好き勝手言ってたが、急に恐くなったのか」

新太郎は顔を覗き込む。

「うるせえ」

「お前が逃れることはできねえぞ」

新太郎は睨みつける。

不安そうな顔で、金馬は黙っていた。口の中でぶつぶつと呟《つぶや》き、鼻をぴくぴく動かしている。

やがて、

「おい」

と、金馬が落ち着いた声で呼びかける。

「白状する気になったか」

新太郎は挑発した。

金馬は真面目な顔で、「白状してやってもいい」と、ぼそりと呟いた。

「なに」

新太郎が首を傾げる。

「ただし」

金馬は条件をつける。

すべてを話すかわりに、自分の身は解き放てという。

「それはできない」

新太郎は断った。

まず、彼の供述が信用ならない上に、仮に正直なことを話してくれたとしても、この危険な男を解き放てば、今後被害に遭う者が出る。

「だが、お前らのやり方じゃ、いつまで経っても又四郎は見つかるはずがあるめえ」

金馬は説得するような口ぶりであった。

「……」

新太郎は無視した。

「まあ、考えてみてくれ。俺にとっても、お前さんにとっても、互いに利があると思う。このままだと、ドン尻屋一家を潰すことはできねえし、俺を単独で牢に入れることしかできねえ」

今回の件が、金馬の罪をすべてドン尻屋一家からの指示だとしようとするこちらの目論見《もくろみ》を見抜いている。

案外、この男はただのぼんくらではなさそうだ。

「お前さんは、ドン尻屋一家がなくなったら困るだろう」

「馬鹿いえ」

「金の当ては？　お前はドン尻屋一家の金を蝕《むしば》んでいるだけじゃねえか」

「わざわざくれるっていうのに、もらわない手立てはねえ。俺に限らず、楽して稼ぎたいっていうのが人間じゃねえのか」

「俺は、そう思わねえな」

「これだから、岡っ引きは嫌なんだ」

金馬は鼻で嗤う。

再び、新太郎を見て、

「金がなくなったら、商売ででも稼げばいい」

と、ぽつりと言った。

「『夢質』だって、もう取り潰されるだろう」

「あんなところはどうでもいい。ドン尻屋一家がやっていて、俺は名ばかりの主人で、帳場から金をくすねていただけだからな」

「じゃあ、『夢質』に未練はないっていうのか」

「全くだ」

金馬が当然のように答える。

考えれば考えるほどわからなくなるが、金馬にそれを見抜かれてはならない。

「ドン尻屋一家っていうのは、お前にとっての何なのだ」

新太郎はきく。

「そうだな……」

金馬は語尾を伸ばす。真剣に考えているように顎に手を遣った。

しばらくして、

「俺も、向こうも、互いにいいように利用していたんだな」

と、悟ったように答える。

「というと？」

新太郎は即座にきき返した。

「お前も承知の通り、父がドン尻屋一家を作り上げたから、俺はその威光でわがまましている。最近では、それを疎《うと》ましく思っている奴らもいるみてえで、俺のことを排除しようっていう企《たくら》みもあったみてえだ」

一旦言葉を止め、再び考えるように待ってから、続けた。

「だが、一家のなかで権限を持っている奴らも、俺の命令だという名目をつくって、自分の好き勝手に一家の者を動かしている。五郎次の殺しもそうだ」

もっと詳しくきかせてくれと、つい身を乗り出しそうになった。

その時に、金馬は「あっ」と声をあげ、

「大分、話しちまったな。この後は、俺を解放してくれたら、話してやる。ドン尻屋一家を潰したいんだったら、よく考えることだな」

金馬は言い放ち、壁に寄りかかった。

「もし腹が決まったら、教えてくれ。俺は少し寝るからよ」

そういって、目をとじた。

この日も、親分たちはドン尻屋一家の関《かか》わっている先を隈なく探したが、又四郎の身柄を捕らえることはできなかった。

さらに数日が経った。

それでも、わからない。

すでに江戸を離れたのだろうという声が他の親分たちからあがってきた。今泉もその考えに傾いているようだった。

捕らえた二十七人の子分たちは、それぞれ別々の自身番に収容されていたが、取り調べのために大番屋へと送られた。

しかし、その途中で七名の者が脱走をした。

又四郎が捕まっていないとわかったので、収賄をしていた町役人か、もしくはこの作戦に参加していない他の岡っ引きが逃がしたのだろう。

それしか、考えられない。

「又四郎が逃げたままだと、結局どうしようもなくなる」

今泉も頭を抱えていた。

新太郎は栄太郎に、折り入って話があると告げた。

「この間、金馬に取引をもちかけられた」

新太郎は詳しい内容を告げた。

今まで黙っていたのは、又四郎をいずれ捕らえることができると考えていたからだ。

だが、日数が増えるばかりで、又四郎の居場所を特定することもできないと悟っていた。

「まさか、親分」

「これしかないだろう」

取引に応じようと、栄太郎に告げる。

「でも、金馬を信じるんですか」

「奴も自分の仕業にされて、自分だけ罰せられるのを嫌がっている。そうならないためなら、ドン尻屋一家をも見捨てるような薄情な奴と見た」

新太郎は重たい気持ちで言う。

こんな取引に応じないに越したことはないからだ。

「あっしには、わかりません。あまりにも、大きなことですから」

栄太郎は自身の考えがありそうだが、口にしなかった。

新太郎は今泉にもそれを告げた。

「仕方ない。ドン尻屋一家を壊滅させることが目的だ。目的を見失うのが、一番の失敗だ」

今泉は決め込んだ。

「わかりました」

新太郎はさっそく、大番屋へ行く。

そして、金馬だけを外に呼び出した。

新太郎と栄太郎で、金馬を挟む形になっているが、縄はつけていなかった。

「久しぶりに、体を伸ばせるぜ」

金馬は伸びをしながら、

「本当に、俺を逃がしてくれるな」

と、確かめてきた。

「ああ」

新太郎が答えても、

「もし裏切ったら、どうなるかわかっているか」

と、脅してくる。

「新たな事件を起こさなければ、不問にする」

「確かだな」

「ああ。ただし、もうおとなしく、まっとうな人間になると誓うんだな」

新太郎は迫った。

「わかった」

金馬は仕方なさそうに頷く。

「江戸を離れること。そして、二度と戻ってこないこと」

二点挙げた。

それらについて、金馬は承諾した。

「じゃあ、話してやる。又四郎は、三年前に死んだよ」

金馬は重たい口ぶりで言った。

「なに？」

新太郎は思わずきき返した。

「殺されたんだ。俺もどこでとは知らねえがな」

「どうして、公表しない」

「ちょうどドン尻屋一家が勢力を拡大しているときで、新たに入る子分も多かった。それに、古参の子分たちをまとめられるのも、又四郎しかいねえ。又四郎の死を知っているのは、長一郎《ちょういちろう》と俺くらいだ。だから、実質長一郎がいまのドン尻屋一家を仕切っているようなもんだ」

「又四郎の死を公表して、長一郎が親分につけばよかったじゃねえか」

「あいつは慕われていねえからな。自分でもわかっていたんだろう」

「お前は、どうして皆に言わなかった？」

「まあ、なんだろうな。長一郎も俺がその秘密を知っているから、無下にはしなかった。内心はどう思っていたかわからねえが、長一郎から金も引っ張れたからな。いい鴨だったよ」

金馬は悪びれる様子もなく言う。

それから、

「さあ。さっさと、ドン尻屋一家を潰してくれ」

金馬は吹っ切れていた。

どことなく、清々《すがすが》しい顔だった。

四

宵の五つ少し前であった。

千恵蔵が『足柄屋』にやって来た。

与四郎と、小里は居間で迎え入れた。

世間話をしてから、ドン尻屋一家の一連の件に話は移った。

金馬の捕縛と、ドン尻屋一家の一斉摘発の顛末《てんまつ》は、すでに太助から聞いている。

世間には又四郎の死は公表されていないが、子分たちの間には知れ渡り、もう又四郎の求心力はなくなったのでドン尻屋一家が再び興ることはなさそうだという。

「親分は参加されなかったのですね」

小里が珍しそうにきいた。

「さすがに、今回はもう引退してだいぶ経っている俺が出られる幕じゃねえからな」

千恵蔵はそう言いながらも、どことなく残念そうであった。

「だが、太助もなかなかの度胸だな」

新太郎の命令で、囮を買って出たことを褒める。

「まったく困った子です」

小里はあきれるように笑った。

与四郎も、かなり心配をした。

剣術と商売に身が入っていなかったことも、ドン尻屋一家を壊滅させる作戦のひとつに、重要な役割を担っていたとわかると、どことなく太助を誇らしく感じる。

「いまは道場にでも？」

千恵蔵がきく。

「ええ、肩の荷が下りたのか、前にも増して剣術に気合が入っていますよ」

小里が嬉しそうにいう。

「でも、商売にも力を入れてもらわないと」

与四郎は冗談めかした。

だが、実のところ、商売も以前より張り切って出かけるし、店番でも売上はよく、何も事情を知らない客からは、太助が成長したと褒められる。

嬉しい限りであった。

「あれから、『間口屋』へは行ったか」

千恵蔵がきいた。

「まだです。こういうことがあったばかりですし、どうも憚《はばか》っています」

与四郎は答えた。

だが、心平太の様子は蜜三郎から聞いていた。あの後、蜜三郎はお稲のことで、心平太に会いに行ったそうだ。

未だに良い顔はしてくれないが、頭ごなしに否定されることはなかったという。蜜三郎に言わせると、心平太と父蜜蔵の仲が悪いことが一番の原因だ。だが、蜜三郎とお稲がいとこであることも、考えるところがあるのだろう。

「俺はさっき会って来たんだが、なんというか、変わったな」

千恵蔵が、ぽつりと言った。

「変わったと仰いますと?」

与四郎は、首を傾げた。

「どことなく、暗い」

意外な言葉が返ってきた。

「すべて解決したのに、なんででしょう」

「わからねえな。なんとなくだが、水島東西のことがあるんだと思うな。この間、東西が弔問へ行った」

千恵蔵が言った。

東西にも先日会ったという。

「でも、これで東西先生が間違っていたことがわかりましたね」

五郎次を殺したのは、料理人の三吉であり、その裏にはドン尻屋一家の正一郎が絡んでいる。心平太は一切関わりがなかったのだ。

「そうなんだが、東西は未だに心平太に親殺しの顔相をしていると」

「まだそんなことを？」

「ああ、だから不思議で堪《たま》らねえんだ」

千恵蔵がぽつりと漏らす。

「不思議というのは？」

占いであるから、外れることもある。与四郎は深く捉《とら》えていなかった。だが、千恵蔵なりの意見があるようで、

「俺は東西のことを占いだとは思わねえんだ。顔の相っていうのは、確かにある。俺も岡っ引きのときに数々の罪人と会ってきた。やはり、人殺しには皆共通の何か同じものを感じるし、すりやひったくりだって、人殺しとは違うそいつらの共通のものがあったんだ。水島東西っていうのは、それを学問の域にまで達するくらいに体系化できた学者だ」

と、言い切った。

「なら、やはり五郎次さんの殺しをと？」

小里が口を挟んだ。

たまたま、小里とも顔相について話したことがあった。小里も顔相というのは占いの類《たぐい》ではなく、正しい根拠になるという考えであった。それは『足柄屋』で商売をし

ていて、どういう客がどういうものを買うのか、これから店のお得意様になってくれるかなど、顔で判断ができるからだという。

「いや、五郎次さんの殺しは、やはり、正一郎の仕業だ。顔相で、親殺しまではわからねえが、もしかしたら、人殺しの相があるのではないかと思ってな」

千恵蔵は重たい口調で、ぼそっと言った。

「えっ」

小里が声をあげる。

「わからねえがな。見立てが外れることもあるだろうから」

千恵蔵は首を傾げてみせたが、内心、そう思っているという気がしてならなかった。

与四郎は眉間《みけん》に皺《しわ》を寄せた。

（あの心平太が……）

否定する気持ちよりも、もしかしたらという気持ちがあった。

初めて会ったときのことが、脳裏に過《よぎ》った。

三年前の六月十五日である。

この日は季節はずれの涼しさで、五月雨《さみだれ》の降り残りがまだ続いており、毎日のようにしとしと細い雨が降っていた。

『足柄屋』で、まだ荷売りを始める前だ。

この日は、『壇ノ浦』の女将《おかみ》さんが以前から頼んでいた化粧筆が、ようやく仕入れられた。女将さんは取りに行くと言っていたが、昼過ぎに急に上客がやってきたので行けなくなったという報せを酒屋の御用聞きから伝えられた。

早く欲しいだろうから、それならばと与四郎が『壇ノ浦』まで届けることにした。

どうせ、すぐ近くである。

行って、少し話して帰ってくるのにも、四半刻あれば済む。

「ちょっと行ってくるから、店番を頼みますよ」

与四郎は、小里と太助に任せて、『足柄屋』を出た。

ちょうど、与四郎が『壇ノ浦』の近くに来ると、通りに面した店の二階の窓が開いており、六十近くで漁師のように肌の浅黒いどこか堅気ではない雰囲気の男が外を覗いていた。きっと、どこかのやくざの親分だろうと思いながら、裏に回った。

勝手口から入り、

「『足柄屋』でございい」

と、声をかけた。

すぐに女中がやって来た。

渡すだけだから、

「こちらを、女将さんに」

と、女中に預けようと思っていた。しかし、女中は大そう恐縮して、すぐに女将を呼んでくると奥へ下がった。

それから、すぐには女将はやってこなかった。

与四郎は、家人が使う台所さえも高級そうな調度品で揃えている室内を見渡しながら、ここまでの暮らしは望まないが、小里の為《ため》にも、他の奉公人を雇い、小里が働かなくてもいいような暮らしを思い描いていた。

だが、いくら待ってもなかなか女将は来ない。

やがて、二階から男の悲鳴のようなものが聞こえた。

それから、階段をバタバタ下りる音がして、それが今度は廊下から響き、台所へ近づいてきた。

目の前に現れたのは、三十半ばの手が血まみれの男、その時には知らなかったが間口屋五郎次の倅、心平太であった。

心平太はものすごい権幕で、こちらに向かってくる。

与四郎に用があるわけもなく、横を通り過ぎた。その時に肩がぶつかり、心平太はよろけた。

「大丈夫ですか」

与四郎はつい声をかけた。

「……」

心平太は何も答えず、逃げるように、雨の中、傘も差さずに走っていった。

もしかしたら、包丁か何かで怪我《けが》をしたので、すぐに医者へ見せに行ったのだろう。

痛みのあまり、言葉を交わす余裕がなかったのだろうと、悪くは捉えなかった。

それから少しして、勝手口にさっきの女中が慌てたようにやってきた。

「すみません。女将さんはちょっと手が離せないらしく」

「いえ、構いませんよ」

「また改めて御礼《おれい》に伺うとのことです」

女中は深々と頭を下げた。

与四郎は辞去した。

（いまに思えば、まさかあの時に……）

与四郎は腕を組みながら、何度も首を横に振った。

だが、あの時の手が血まみれの心平太の姿がますます鮮明に思い出される。

三年前だ。

そういえば、ドン尻屋一家の親分、南蛮又四郎が殺されたのも三年前。しかも、六月十五日といっていた。

翌日の朝、与四郎は『壇ノ浦』へ向かった。

三年前の六月十五日のような細い雨が、しとしと降っている。『壇ノ浦』の外観は同じだが、内装は三年前に改装したという。そういえば、あの件があってから、すぐにそんな話を聞いた。

やはり、殺しがあって、それでその部屋を替えたのだろうか。

『壇ノ浦』の勝手口を開けると、奥に向かって呼びかけた。

今日は、女将さんが出てきた。

「あら、足柄屋さん」

女将さんが笑みを浮かべた。

「ご無沙汰《ぶさた》しております」

ここの主人には、蜜三郎の件で会っているが、女将さんとは半年ぶりくらいであった。

「いえいえ。それより、ご紹介いただいた蜜三郎さん。とってもいいわよ」

「それは、よろしゅうございました」

「もう仕事はできるし、性格もいいし、その上顔は飛びぬけているじゃない。お客さまからの評判も上々で、思わぬ逸材を紹介してもらったと、旦那共々喜んでいたところですよ。御礼の挨拶に行かなきゃならないと思っていたのですけど、暇がないもので、つい行きそびれてしまい、本当にごめんなさいね」

いつもながら、おしゃべりであった。

顔を合わせると、つい長話になる。さらに、ちょっと用があって寄っただけでも、必ず挨拶に来るひとだ。

それなのに、あの時は一瞬たりとも現れなかったのは、やはり何かあるとしか思えない。

「今日はどうされたの？」

女将さんがきいてきた。

「いえ、蜜三郎さんはしっかり働いているか確かめに来たんです」

「そう。そんなこと言って、ついでに何か売ろうとしているんじゃないのかしら」

女将は冗談めかして言う。

「ええ、よくおわかりで」

与四郎は荷箱を開いて、商品を見せた。

女将は注意深く、じっくりと中を覗いている。

「そういえば、三年くらい前でしたかね。化粧筆をお買い上げになったことがございましたね」

与四郎はさりげなく、切り出した。

「ええ、まだ使っているわ。やっぱり、いいものは長持ちするのね」

女将の言葉は弾んでいる。

「喜んでいただいてよかったです」

与四郎はそう答えてから、

「そういえば、それが三年前の六月十五日でしたね」

と、ぽつりと言った。

女将は商品を選ぶ手を止め、ぎょっとして顔を上げた。

「そうだったかしら」

急に声が低くなった。

「よく覚えているんです」

「そうなのかい？」

女将は惚《とぼ》けたようにきき返す。

「なにせ、あの日、二階からなかなか渋い六十くらいのお方が顔を覗かせていましたからね」

「私は毎日同じようなことの繰り返しだから、ちょっと覚えていないのだけど」

「それは、ごもっともですよね。でも、あの方は誰なんだろうと、ふと思いましてね」

「え？　急に？」

「いえ、前々からおききしようと思っていたんです」

「そう……」

「もしかして、ドン尻屋一家の南蛮又四郎親分じゃなかったかと思いまして」

「さあ、どうだったかしら」

女将は苦笑いする。

「これなんていいわね」

玉簪《たまかんざし》を手に取り、話題を逸《そ》らす。

怪しまれないためにも、

「ええ、それなんか、女将さんにお似合いだと思います。ちょうど、今日のお召し物にもぴったりで」

と、話に乗った。

それから、しばらくやり取りがあり、

「じゃあ、今日はこれを頂こうかしら」

女将は代金を払った。

「押し売りしたようになってしまい、申し訳ございません」

与四郎は頭を下げた。

「いいのよ。蜜三郎さんのこともあるし」

女将は再び笑顔で声を弾ませる。

「本当に、私も助かっています」

与四郎は再び頭を下げてから、

「さっきのことですが、やはりドン尻屋一家の南蛮又四郎さんでしたかね。いや、それというのも、私のお得意さままで、見た目が似た方がいらっしゃって、以前遠くから見かけて声をかけたのに、気が付かれなくて、傍《そば》にいた知人に、あれは南蛮又四郎さんだと言われてしまったことがありまして」

咄嗟《とっさ》に、話を作った。

女将は言いにくそうにしているが、与四郎を疑う様子もなく、

「又四郎親分も一時期はうちに来ていましたけどね。それからはさっぱりお越しになりませんもので」

と、逃げるように言った。

それ以上には踏み込めない様子だった。

与四郎は十分だとばかりに、辞去した。

五

はちすの花に、朝露がきらきらと光って咲いている。

与四郎は浅い眠りから覚めて、朝餉《あさげ》も取らずに、『間口屋』へ行った。

もしかしたら、という思いが強まる。

蔵前は朝から人の流れが激しいが、まだ『間口屋』の暖簾《のれん》は掛かっていなかった。

店先で、番頭の喜助が箒《ほうき》で掃き掃除をしている。

「おや、足柄屋さん」

喜助の目に、心なしか不安が過っている。

「旦那はいらっしゃいますか」

与四郎は落ち着いて聞いた。

この男は、間口屋三代に仕えている。五郎次のことも幼い頃からなんでも知っているといっていた。

「はい、いま支度をしていると思いますが」

「少々お話がありまして」

「蜜三郎さんのことでしたら」

「そうではなくて」

「では、どのような」

喜助が箒を胸に引き寄せる。

この男にきいてみるか。一瞬、そう思ったが、教えてくれないだろうと、すぐに考えを引っ込めた。

「五郎次さんのことです」

与四郎は告げた。

「旦那を連れてきます」

普段であれば、家の中に誘う。やはり、この男は気づいているのだ。

「お願いします」

与四郎は待った。

すぐに、心平太がやってきた。頬《ほお》が少しこけて、目が赤い。

ここでは何だからと、裏通りにある人気のない稲荷に向かった。

その途中、

「父のことと仰っていましたね」

と、心平太は落ち着かない様子できく。

「ええ」

「何か勘違いなさっているのではないかと思いまして」

「勘違い？」

「私の父は五郎次ですよ」

心平太は心許ない声で言った。

やがて、稲荷についた。

誰もいない。

「今さら、誰に言う訳でもありません」

「ですから」

「あなたの本当の父親は、南蛮又四郎だったんですね」

与四郎は、ついに口にした。

「何を言うんですか」

「ドン尻屋一家の金兵衛が襲われたのは、蜜蔵さんの仕業だということになっていますが、実は又四郎だった。金兵衛の前の妾《めかけ》と又四郎との間に出来た子が、あなただったのですね」

「……」

「それで」

与四郎が続けようとしたとき、

「もうよろしいではございませんか」

と、心平太は声を荒らげた。

「いえ、確かめておきたいのです」

与四郎は強いまなざしを向けた。

心平太は耐えきれずに帰ろうとする。

「すみません」

与四郎は思わず、心平太の肩を摑んだ。

睨《ね》めつけられながらも、

「三年前のことです。私が『壇ノ浦』にお届け物をしたときに、南蛮又四郎が二階の腰窓に座って、外を眺めているのが見えました。それから、誰かに呼ばれたようで、そこから姿がなくなりました。私は勝手口を入って、土間で待っていると、あなたが慌てたようにやってきて、出て行かれました。その時に手にたくさんの血がついていたので心配してお声かけしましたが、そのまま出ていかれました」

と、語った。

あの時には、包丁か何かで誤って手を切ってしまい、近くの医者へ見せに行くのだろうと思っていた。返事をしなかったのも、急いでいたため、悪気はなかったのだと思った。

「それが、三年前の六月十五日でしたね。ドン尻屋一家の金馬が、ちょうどその日に又四郎が死んだと白状しました」

「覚えておりません」

「それに、こちらを」

与四郎は懐から、銀煙管《ぎんギセル》を取り出した。南蛮という字が彫ってあるものだ。

「こちらも『壇ノ浦』で見つかったものです」

「……」

心平太は俯《うつむ》いている。

「私は決して心平太さんを責めたいわけではありません。どういう訳で父親を殺したのかは私が知る由もありません。その時に、父親だと知っていたのかも定かではありません。ただ、心平太さんがこの秘密をずっと背負ってきたのかと思うと……」

与四郎の胸まで苦しくなる。

そして、そっと銀煙管を渡した。

心平太は顔をあげ、

「えっ」

と、ごく小さな声でき返した。

「こちらは、心平太さんが持っていた方がいいでしょう」

「与四郎さん」

心平太は声を詰まらせた。

その目に、涙が浮かんでいる。

「又四郎というのは、極悪非道な人物だと聞きます。もし私が倅であれば、自分の責任と感じて、同じことをしていたかもしれません」

与四郎は涙の奥底を見ながら言った。

「ええ」

心平太は認めたかのように、頷いた。

「朝から、こんなことでお手間をおかけして申し訳ございません。新太郎親分にも言っていないことですから」

与四郎は告げた。

ふたりで稲荷を出て、別れた。

与四郎は商売に繰り出した。


数日後の夜。

『間口屋』の番頭、喜助が『足柄屋』にやって来た。

初めてのことで、取り次いだ太助が何事だろうと、気にしていた。

与四郎は客間に通して、襖をしっかりと閉めた。

喜助と向かい合ってから、

「外の方がよろしいですか」

と、尋ねた。

「いえ、こちらで」

喜助は背筋を伸ばしたまま答える。

深く呼吸をしてから、

「先日はありがとうございました。足柄屋さんのおかげで、うちの旦那の気持ちが救われたと思います」

と、頭を下げてきた。

「いえ、出過ぎた真似を」

「私としても、あの件はずっともやもやしておりました。そもそもの間違いは、私にございます」

喜助は重たい口調で告げ、

「先代五郎次と金兵衛の間柄はご存知の通りかと思いますが、実は金兵衛は又四郎と妾ができていて、そのふたりの間に倅ができていたことを知っていたんです。それに、又四郎が蜜蔵さんを使って、金兵衛を襲わせたことも知っていました」

「……」

与四郎は聞き入った。

喜助はこちらの様子を見ながら、続けた。

「でも、又四郎は見どころがあるからと不問にしました。ところが、ふたりで育てることだけは反対したんです。ああ見えて、金兵衛はやくざ稼業を嫌っていました。又四郎は不遇な暮らしのなかで、その稼業を選ぶしかなく、いまさら真人間になんてなれないが、その子どもには立派に育ってもらいたいという意思があったようです」

「それで、五郎次さんのところへと？」

「はい。お菊さんは吉原での日々で梅毒を患ったことがあり、それが元で子どもを産める体ではなくなっていました。先代は引き受けることにしました。私は反対しましたが、『又四郎は悪い方に知恵が働くだけでもともと頭はいい。いくらやくざの子といっても、しっかり育てれば、立派な人物になれる』と仰いました」

喜助は遠い目をしていた。

「先ほど、番頭さんの責任だと仰っていましたが？」

「はい、私が躾《しつけ》をするように任されていました。そして、三年前のことです。先代とその時のことを話していたときに、旦那にそのことが漏れてしまいました。おそらく、旦那が悩んだ挙句に、又四郎を殺さないと世のためにならないと、殺しに行ったのでしょう」

喜助は悲しそうに語った。

しかし、殺すという言葉をすぐに訂正した。

「旦那は何も間違えた決断をしていなかったと思います。又四郎が亡くなったとなれば、ドン尻屋一家をまとめる者がいなくなり、いずれ消え去ることになります。しかし、奴らはそれを隠したのです。むしろ、又四郎がいないことをいいことに、数名の子分たちがもっと過激になりました。まだ、又四郎が生きていれば、恩のある『間口屋』を潰そうと火をかけたり、先代を殺すこともなかったでしょう」

喜助の淡々と語る口調の中にも、複雑な気持ちが入り混じっているようであった。

「もし、又四郎が殺されたことを公表していたら、どうするおつもりでしたか。きっと、探索が始まれば心平太さんの仕業だとわかるでしょう。それに、ドン尻屋一家から復讐《ふくしゅう》を受けるかもしれません」

与四郎はきいた。

「私が身代わりになろうと覚悟していました。ちょうど、千恵蔵親分に自訴する寸前までいきました。しかし、又四郎の死が隠されました」

「そこまでして」

「元は武士です。佐賀藩には、『武士道といふは死ぬ事と見つけたり』という考えが根づいています。主のため、お家のためであれば、死ぬことも厭《いと》いません。私にとって、『間口屋』が主《あるじ》そのものですから」

そう言われると、七十を過ぎた喜助に、急に毅然とした武士らしさを垣間見《かいまみ》た気がした。

「もし、私がその時に千恵蔵親分に自訴していれば、きっと先代も亡くなることはなかったですし、そもそもドン尻屋一家がここまで幅を利かせることもなかったでしょう。すべては私の責任でございます」

鋭い口調であった。

急に嫌な気がした。

「まさかとは思いますが……」

与四郎は言った。

「なんでしょう」

喜助はすべてを吐き出したからなのか、急に穏やかな顔になった。その顔を見ていると、もう死を覚悟しているとしか思えない。

「自刃なさるおつもりで?」

恐る恐るきいた。

「……」

喜助は微動だにしない。

「死ぬことには、何の意味もございません」

与四郎は考え直すように、言い放った。

「私も元は武士です」

「だからなんだというのですか」

「毎朝毎夕、改めては死に改めては死に、常住死身になりて居る時は、武道に自由を得、一生越度《おちど》なく、家職を仕果すべきなり」

喜助が唱えるように言った。

先ほどの佐賀藩に根づいているという考えも、この言葉も、山本常朝《やまもとつねとも》の記した『葉《は》隠《がくれ》』の一節だ。

与四郎は、読んだことがあった。

『葉隠』は日々生きながら死と一枚になるよう努めることを勧めている。

「何の為にもならないことをするべきではありません」

与四郎はそう言いながら、『葉隠』では、二者択一を迫られた時には早く死ぬほうを選べばよいと語っているのを思い出した。
手柄を立てずに死んだら犬死になどと考えるのは、上方風の気取った武士道だとも
いっている。
どう説得すれば納得してくれるのか、わからなかった。
それから諫《いさ》める言葉をかけることができず、喜助は帰って行った。

数日後の昼間であった。

荷売りに出たときに、日本橋の袂で岡っ引きの新太郎と出くわした。

「『間口屋』のことだが」

新太郎の低い声が、与四郎の耳を打った。

もしや、喜助が自刃したのか。

急に胸の鼓動が速まった。

新太郎を見る。

心なしか穏やかな顔つきで、

「お前のおかげで、収まりがついたようだ」

「収まり？」

「心平太は心を切り替えたのか、やけに商売に精を出している。それに、お稲と蜜三郎のことを認めたらしい」

心残りは、喜助である。

「どうした、そんな険しい顔をして」

新太郎が不思議そうにきく。

「それで、番頭さんは？」

与四郎は恐る恐るきいた。

「ああ、そのことか」

新太郎がため息をついた。

「もう歳《とし》だからと、辞めたそうだ」

首を捻《ひね》りながら、
と、告げる。

「故郷の佐賀に帰るのでは？」

不安になる。

そこで、自刃しようと考えているのかもしれない。

「いや、江戸に留《とど》まるそうだ」

「え？」

「出家するらしい。ちょうど、『間口屋』の近くの寺の住職が亡くなったばかりで空位になっているから、そこの住職になると。まあ、なんだかんだ近くから『間口屋』を見守っているのだろう。ほんと、忠義に厚い奴だ」

新太郎は笑いながら言った。

与四郎も、ほっとした。

自分の言葉が効いたのかわからない。出家して世俗を捨てることで、一度死んだことにしたのだろうか。

わざわざ、確かめに行くのも野暮だ。

「そうだ、今日の夜に大川に屋根船を浮かべて宴《うたげ》を催す。心平太も来るらしいが、お前も小里や太助を連れてくればいい。珍しく、心平太が今日は酒を呑むと意気込んでいるらしい」

新太郎が誘ってくれた。

「ええ、是非」

与四郎は明るい気持ちで答えた。

商売に出る足取りは、いつにも増して軽やかだった。

東の空には入道雲、西の空にはうろこ雲が浮かんでいる。

少しばかりの汗に、爽《さわ》やかな気持ちが混じっている。

五郎次が亡くなって今に至るまでの過ぎ去った出来事を懐かしむ思いが、夏の終わりを感じさせた。

本書は時代小説文庫（ハルキ文庫）の書き下ろし作品です。

時代小説文庫
こ 6-44

札差《ふださし》の死《し》 情《なさ》け深川《ふかがわ》 恋女房《こいにょうぼう》

著者 小杉健治《こすぎけんじ》

2024年7月18日第一刷発行

発行者 角川春樹

発行所 株式会社 角川春樹事務所
〒102-0074 東京都千代田区九段南2-1-30 イタリア文化会館

電話 03(3263)5247[編集] 03(3263)5881[営業]

印刷・製本 中央精版印刷株式会社

フォーマット・デザイン＆シンボルマーク 芦澤泰偉

ISBN978-4-7584-4653-2 C0193 ©2024 Kosugi Kenji Printed in Japan
http://www.kadokawaharuki.co.jp/[営業]
fanmail@kadokawaharuki.co.jp[編集] ご意見・ご感想をお寄せください。